W0061225

Diederichs Kabinett

Irma Hildebrandt

Es waren ihrer Fünf

Die Brüder Grimm
und ihre Familie

Eugen Diederichs Verlag

Mit 45 Abbildungen

CIP-Kurztitelaufnahme der Deutschen Bibliothek
Hildebrandt, Irma:
Es waren ihrer Fünf: d. Brüder Grimm u. ihre Familie/
Irma Hildebrandt. – 1. Aufl. – Köln: Diederichs, 1984
(Diederichs Kabinett)
ISBN 3-424-00808-7

Erste Auflage
© 1984 by Eugen Diederichs Verlag GmbH & Co. KG, Köln
Umschlaggestaltung: Antje Ketteler
Satz: Lichtsatz Fanslau, Düsseldorf
Druck und Bindung: May & Co., Darmstadt
ISBN 3-424-00808-7

Inhalt

Vorwort

Die Brüder Grimm sind ein ehernes Monument. Zum Glück kein auf dem Sockel verstaubtes. Ihre Werke werden wirklich gelesen, im Deutschland hüben und drüben, in aller Welt. Der Wissenschaftler greift zum Deutschen Wörterbuch, andere graben in der Deutschen Mythologie und den Sagen nach, jung und alt läßt sich von den Kinder- und Hausmärchen verzaubern.

Wilhelm und Jacob

Wenn von *den* Brüdern Grimm die Rede ist, sind wie selbstverständlich Jacob und Wilhelm gemeint. Daß zur Familie fünf Brüder gehören, dazu als Nachkömmling »die liebe Lotte«, wissen nur wenige. Die Lebenszusammenhänge der Grimms in ihren frühen Jahren auszuleuchten, soll hier in einigen Schlaglichtern (sprich zwölf Kapiteln) versucht werden. Die Familienbande, der Kleinstadt-Kosmos, das eng verbundene und doch eigentümlich verschiedene Brüderpaar, Ludwig, der Maler, die unbekannteren Brüder, die Frauen, der Freundeskreis. Der Alltag mit seinen Turbulenzen und monotonen Abläufen, der dem Porträt dieser Familie den nötigen Hintergrund gibt. All die persönlichen Konstellationen wirken tief in das Leben der Brüder hinein. Dazu die Armut, durch den frühen Tod des Vaters verursacht, der Eltern-Status von Jacob und Wilhelm, das blanke Überlebenmüssen, der Kampf gegen Standeshürden, berufliche Rückschläge: vieles war da zu verkraften.

Wie haben die Älteren es fertiggebracht, die auseinanderdriftende Rest-Familie einigermaßen zusammenzuhalten, wie konnten sie die Geschwister, so unterschiedlich nach Temperament und Interessen, zu einer Solidargemeinschaft vereinen? Und wie wurde diese Familie durch die schwierigen deutschen Verhältnisse geprägt? »Das Bestimmende, das Entscheidende für das Grimmsche Konzept liegt in seinen Anfängen«, sagt der Grimm-Kenner Dr. Ludwig Denecke, und ihm wie auch Dr. Hennig und dem Brüder-Grimm-Archiv in Kassel habe ich für mannigfachen Rat und Hilfestellung zu danken. Mein Dank gilt auch den hilfsbereiten Museumsleuten in Schlüchtern und Steinau und nicht zuletzt meinem Mann für die Gespräche, die mir halfen, dieses Buch zu schreiben.

Ferdinand

Carl

Ludwig

Lotte

I. Familienporträt 1795

Ein Familienporträt der Grimms hängt, welche Über-
raschung, weder im Grimm-Museum in Kassel noch in
einer der anderen Gedenkstätten. Bei der Akribie, mit
der jeder Notizzettel, jede Kinderzeichnung, jeder Ge-
brauchsgegenstand aus dem Hause Grimm gesammelt,
katalogisiert und der Nachwelt überliefert wurde, wäre
ein solches Gemälde, oder zumindest sein Nachweis,
nicht unbemerkt geblieben. Die Kapitelüberschrift ist
also eine Fiktion. Warum diese so traditionsbewußte
Familie sich nicht im Bilde festhalten ließ, kann nur
vermutet werden.

Im ausgehenden 18. Jahrhundert war es in adeligen und
großbürgerlichen Häusern durchaus üblich, Familien-
porträts für die Ahnengalerie im Stile der spanischen
Hofmaler oder bekannter englischer Porträtisten in
Auftrag zu geben. Aber die Grimms gehörten diesen
Kreisen nicht an. Das vergißt man nur zu leicht, wenn
man die späteren stilvollen Bilder der beiden ältesten
Brüder im Habit des Privatgelehrten, des akademischen
Würdenträgers, oder auch – idealisiert – als Märchensammler im Kreise des einfachen Volkes sieht. Sie waren »Aufsteiger«, konnten weder ein herrschaftliches
Gut noch ein städtisches Patrizierhaus als Stammsitz
und Statussymbol vorweisen. Ihr Geburtshaus im hessischen Hanau ist von eher bescheidener Bürgerlichkeit, und keiner versuchte, dies zu vertuschen. Jacob
charakterisiert im Rückblick seine Eltern sogar als
»brav und unbemittelt«.

Die Vorfahren im 16. und 17. Jahrhundert waren Be-
dienstete, Handwerker und Kaufleute im Hessischen.

Einen Turmhüter weist der Stammbaum aus, einen Wollweber, einen Weinwirt und Posthalter, einen Zolleinnehmer und auch einen Bäcker, der es zum Bürgermeister gebracht hat. Durch und durch deutscher Mittelstand: strebsame Leute, deren Kinder und Enkel sich allmählich hochdienten und hocharbeiteten bis zum Pfarrer und Juristen.

Der Urgroßvater Friedrich Grimm, Pfarrer und Kircheninspektor in Hanau, hielt im Geist der reformierten Kirche calvinistischer Richtung auf strenge Zucht und Ordnung. Er trat gegen kirchliche Mißstände und Verschwendungssucht auf und redete seiner Gemeinde mit Straf- und Mahnpredigten ins Gewissen. Sein Sohn Friedrich, der Großvater der fünf Brüder, setzte die Tradition des asketischen, eifernden Seelsorgers fort. Er wirkte als Pfarrer in Steinau, und in der Stadtchronik sind Beispiele seiner strengen Amtstätigkeit festgehalten: Pastor Grimm wetterte gegen unordentliches Familienleben und schlechte Kindeserziehung, gegen »Schanddirnen«, Tanzen an Sonntagen und das »träge, hier gantz verfallene Schuhlweßen«.

In diese gottesfürchtige Umgebung wurde 1751 Philipp Wilhelm – der Vater der Brüder Grimm – als zehntes Kind im Steinauer Pfarrhaus geboren. Zum Pfarrerberuf war sein ältester Bruder bestimmt, er selbst schlug die damals angesehenere Laufbahn eines Juristen ein, womit er es zum Stadtsekretär in Hanau brachte, später sogar zum Amtmann in Steinau. Den einfachen Lebenszuschnitt, übernommen von den nach Hessen verschlagenen Hugenotten und Grimmsches Familienmerkmal, wollte der junge, grundsatztreue Beamte und Familienvater auch im Kreis der Seinen weiterführen.

Amtshaus in Steinau mit der Wohnung
der Familie Grimm im Erdgeschoß
Getuschte Federzeichnung von Ludwig Emil Grimm
(BGM Gr. Slg. Hz. 1158)

Nichts Überflüssiges wurde angeschafft, die Kinder lernten früh, sich zu bescheiden.

Bei neun Leuten am Tisch war es schon ein Fest, wenn der Vater eine neue Zinnschüssel machen ließ, blinkend und so bemessen, daß Suppen und Gemüse genug hineinging. Gerade die Älteren entwickelten einen guten Appetit, und es mußte für alle reichen.

Einen Künstler mit einem Familienporträt zu beauftragen, grenzte da schon an Luxus und gehörte nicht zu den lebensnotwendigen, dem Stande angemessenen Dingen, obwohl Philipp Wilhelm in berechtigtem Vaterstolz dies wohl erwogen haben könnte. Ein Gruppenbild des jungen Ehepaares mit Jacob und Wilhelm soll es sogar gegeben haben, es hat aber die Zeit nicht überdauert. Also bleibt nur der Versuch einer literarischen Porträtskizze – ein legitimes Unterfangen, da sich aus zeitgenössischen Schilderungen, aus Chroniken und Selbstzeugnissen der Brüder so viel zusammentragen läßt, daß man sich tatsächlich »ein Bild« machen kann.

Ein sonniger Sommernachmittag des Jahres 1795 mit guten Lichtverhältnissen für den Porträtisten. Die achtköpfige Familie, nun schon seit vier Jahren in Steinau, hat sich in der Visitenstube des Amtshauses versammelt. Sonntäglich herausstaffiert stehen die Kinder erwartungsvoll in dem Raum, der ihnen sonst nicht zugänglich ist und beobachten die Vorbereitungen des Künstlers. Wie er den Staatssessel weg von dem Schreibtisch vor die Bücherwand rückt und einen zweiten, seidenbezogenen Stuhl heranholt. Das Bild soll möglichst lebensnah werden; die Kinder wurden ermuntert, ihr Lieblingsspielzeug mitzubringen. Der achtjährige Carl hält ein Lederpeitschchen in der Hand, weiß aber nicht so recht damit umzugehen. Ferdinand, sieben Jahre alt, hat sich eine kleine Trommel umgehängt, ein Geschenk des Großvaters Zimmer, der den Kindern ab und zu geheime Jahrmarktswünsche erfüllt. Auf dem Handrücken des fünfjährigen Ludwig sitzt ein zahmer Hänfling, den die Geschwister selbst großgezogen haben. »Louis«, wie der jüngste der Brüder gerufen wird, hat alle Mühe, den Hänfling vor den Patschehändchen der kleinen Lotte in Sicherheit zu bringen.

Die beiden Ältesten, der zehn Jahre alte Jacob und der neunjährige Wilhelm, geben sich ernster. Jacob merkt

Porträt des Vaters Philipp Wilhelm Grimm
Ölgemälde von K. G. Urlaub

sich genau, mit welcher Sicherheit der Porträtist den
Personen Konturen gibt, einer nach der anderen.
Zuerst der Vater. Er hat im Staatssessel Platz genom-
men und trägt, der Würde des Tages angemessen, seine
Amtsuniform, den blauen Rock aus feinem Wolltuch

mit dem roten Samtkragen und den goldenen Schulter-
stücken. An der Seite ein silberner Degen. Die weißen
Hirschlederhosen stecken in glänzenden Faltenstiefeln
mit Silbersporen. Halsbinde, Spitzenjabot und die
weißgepuderte Perücke sind weitere Symbole der
Amtsautorität. Sie werden vom Künstler ins rechte
Licht gerückt, obgleich sie gar nicht zum schlichten
Lebensstil der Grimms passen wollen. Dafür um so
mehr die ernsten, väterlich gütigen Gesichtszüge, die
der Porträtist jetzt herausarbeitet. Sie flößen Vertrauen
ein. In Vaters Wappen steht geschrieben »Tute si recte
vixeris – Rechtschaffenheit ist deines Lebens Sicherheit« – ein Wahlspruch, dem sich vor allem Jacob und
Wilhelm später verpflichtet fühlen.
Mit dem Bildnis der Mutter, wie der Künstler es nun
skizziert, sind die aufmerksam beobachtenden Kinder
weniger zufrieden. Zwar bewundern sie den genau ge-
zeichneten Faltenwurf des Damastkleides mit der weißen Halskrause, das Spitzenhäubchen, die seitlich her-
ausquellenden gebrannten Locken, das Halsamulett
und das Häkeltaschentuch im Ärmelstulpen. Aber ist
dies Gesicht mit den müden Augen und den Mundfal-
ten das ihrer Mutter? Sie haben die Augenringe, die
senkrechten Stirnfurchen, die blassen, eingefallenen
Wangen noch nie so wahrgenommen. Erschreckt und
nachdenklich stellen die beiden Ältesten dies fest.
Die verhärmten Gesichtszüge lassen ahnen, was die
Mutter in zwölfjähriger Ehe zu verkraften hatte: fast
jedes Jahr eine Geburt, neun insgesamt, die letzte vor
einem Jahr, und diesen Letztgeborenen vor wenigen
Monaten zu Grabe getragen. Zwei weitere Söhne, die
das erste Lebensjahr nicht überlebten. Die Sorge um die

übrigen Kinder, schlimme Krankheiten; die Blattern-
Narben im Gesicht Jacobs zeugen davon. Die durch-
ziehenden und im Städtchen einquartierten Soldaten
der Revolutionskriege hatten ansteckende Seuchen ein-
geschleppt, auch das Vieh war nicht verschont geblieben; die Magd mußte täglich den Stall mit Wacholder
räuchern. Notschlachtungen blieben nicht aus. Um so
mehr mühte sich die Mutter im Garten. Zwar ging ihr
Tante Schlemmer, die mit im Amtshaus wohnende

Die Eltern Dorothea und Philipp Wilhelm Grimm
Scherenschnitt

Schwägerin , dabei zur Hand, aber die Verantwortung
für den großen Haushalt samt den Bediensteten, von
der alten Köchin Marie über die Kindermagd Margrit-
chen Amend bis zur Viehmagd und den Tagelöhnerin-
nen, lag doch in ihren Händen.
Auf solche harten zwölf Jahre war Dorothea, die Tochter des Kanzleirates Zimmer in Kassel, kaum vorberei-
tet worden. Bis zu ihrer Heirat 1783 hatte sie noch im
elterlichen Haus gewohnt, mit 28 Jahren schon keine
junge Braut mehr. In Hanau hatte sie mit dem angetrau-

ten Philipp Wilhelm ihren Hausstand gegründet. Beide waren bemüht gewesen, ihre Kinder nichts von dem Kriegsgeschehen um sie herum spüren zu lassen; in der Erinnerung sind für alle die frühen Jahre eine nahezu ungetrübt glückliche Zeit.

Jacob mit seinen zehn Jahren macht sich auf die Vorgänge ringsum und auf die schlimmen Zeitläufte seinen eigenen Reim; mit Großvater Zimmer, der ihn wie einen Erwachsenen nimmt, steht er in regem Briefwechsel. Auf dem Familienbild sieht man den Kindern im Sonntagsputz die Einschränkungen und Unruhen der Kriegszeit nicht an. Sie präsentieren sich im roten Feiertagsrock, in neuen kurzen Hosen und Schlupfenschuhen mit silberglänzenden Spangen. Die Zöpfe sind nach Steinauer Mode straff geflochten und stehen steif vom Kragen ab; nur Ludwig, der jüngste der Brüder, trägt die lockigen Haare offen. Sein pausbackiges, lachendes Gesicht hebt sich auch sonst von der ernsthaften Miene der älteren Brüder ab. Eng an den Stuhl der Mutter gelehnt, ist der Fünfjährige der einzige, der die aufrecht Sitzende noch nicht überragt.

Kleinste ist die zweijährige Schwester auf dem Schoß der Mutter, im langen Spitzenkleidchen mit üppiger Samtschärpe, jedes Detail des Bildes wird von den Brüdern am Original nachgeprüft: die zierlichen Spangenschuhe, die Speckfalten an den Handgelenken, die leicht verrutschte Haarschleife. Ludwig erinnert sich später an das Lottchen, das die Brüder fast wie ein Spielzeug betrachten: »Wir wilden Jungen hatten das Schwesterchen so lieb, daß wir unsere Sparbüchse mit ihr teilten und sie oft weinte und sich nicht zu retten wußte, wenn jeder sie küssen wollte.«

Geburtshaus von Jacob und Wilhelm in Hanau
Bleistiftzeichnung, pastelliert

Nur Lotte war in Steinau geboren. Über die Taufzeremonie in der Gartenstube des Amtshauses gibt Ludwig einen denkwürdigen Augenzeugenbericht: »Alles war im Zimmer versammelt, auch die Familie Denhard. Des Vaters Schwester hielt sie zur Taufe, und sie wurde Lotte Amalie getauft. Wir Kinder standen alle herum und hatten wie die anderen die Hände gefaltet. Der Herr Pfarrer Bauscher taufte sie, die Sonne schien ins Zimmer, der Pfarrer hatte ein dickes rotes Gesicht; mir gegenüber stand unser alter Kutscher Müller, die knochigen Hände gefaltet, er hatte einen blauen oder grauen Rock mit gelbem Kragen an, lederne Hosen und faltige hohe Stiefel; das ist alles, was ich noch davon weiß.« Mehr kann Ludwig auch beim besten Willen nicht wissen, denn er ist bei der Taufe seiner Schwester drei Jahre alt. Nicht nur seine, auch die niedergeschriebenen frühen Erinnerungen der übrigen Brüder lassen vermuten, daß der eigenen Erinnerung durch Erzählungen im Familienkreis oder durch die allen eigene lebhafte Phantasie nachgeholfen wurde.

Je mehr man sich auf das imaginäre Familienporträt einläßt, um so deutlichere Hinweise auf Zukünftiges sind herauszulesen. Der frühe Tod der Mutter etwa, oder der Weg, den die fünf Brüder gehen. Da ist Jacob, der nachmalig berühmte Gelehrte, der mit seinen zehn Jahren schon wie ein junger Erwachsener wirkt. Der strenge, leicht verkniffene Mund, die wachen, forschenden Augen, dazu die verblüffende Ähnlichkeit mit dem Urgroßvater. Mit vier Jahren schon begann er zu lesen und zu schreiben, gewissenhaft zog er die Buchstaben nach, die Tante Schlemmer ihm auf einem Briefbogen vormalte. Ein Geburtstagsglückwunsch an den Vater ist uns aus jener Zeit erhalten: »Zu ihrem heüttigen geburths Tage wünsche ich Ihnen glück und bitte gott, das er Ihnen mein bester Vatter mit der lieben Mutter noch ville ville Jahre uns Ihren gehorsamen Söhnen erhalten wolle.« – Frühe Einübung in Konvention und Verantwortung, so daß für unbeschwertes Spiel und Kinderfreundschaften wenig Raum blieb. Aber Jacob litt darunter nicht. Als seine Altersgenossen in der Schule gerade anfingen, mühsam die ersten Wörter zu buchstabieren, las er seinem Großvater Kriegsberichte und lokale Neuigkeiten aus der Zeitung vor.

Der ein Jahr jüngere Wilhelm wirkt daneben mit seinem breitflächig offenen Gesicht viel kindlicher, obwohl er eine Handbreit größer und von Statur kräftiger ist als sein Bruder. Daß ausgerechnet er sein Leben lang kränkelt, sieht ihm auf dem Bild keiner an. Wohl aber vermitteln seine dunklen, leicht verträumten Augen den Eindruck, als nähme er die Welt eher staunend wahr – ein Hinweis auf den künftigen Märchensammler?

Auf dem Familienbild stehen die ältesten Brüder eng zusammen, einer den Arm um die Schultern des andern gelegt. Die beiden, die von klein auf nicht nur gemeinsam die Kammer, sondern auch das Bett geteilt haben, wird eine alle Lebensphasen überdauernde Freundschaft verbinden. Ihre tiefe Zuneigung ist um so erstaunlicher, als sie in Wesen, Temperament und Lebensrhythmus äußerst verschieden sind.

Carl und Ferdinand, die mittleren Brüder, hat der Porträtist – Zusammenhänge ahnend – mehr in den Bildhintergrund gerückt. Etwas verloren steht Carl mit seinem Peitschchen da. Die großen ernsten Augen erinnern an die Mutter, der er am ähnlichsten ist. Wie auf dem Bild, wird er zeitlebens eigenbrötlerisch und in sich gekehrt sein, auch wenn er sich als Kaufmann und Sprachlehrer redlich durchs Leben schlägt. Ferdinand, eigentlich der hübscheste der Jungen, aber mit unstetem Blick, wird es später am schwersten haben. Auf dem Porträt hält er sich an seiner kleinen Trommel fest, wie er immer im Leben nach irgendeinem Halt sucht ...

Schließlich die beiden Jüngsten. Links im Vordergrund Lotte auf dem Schoß der Mutter, von allen geliebt und verhätschelt – ohne daß jemand fragt, wie zuträglich ihr dies sein wird. Daneben der fröhliche Louis, unbefangen und neugierig sein Blick, jedes Detail in sich aufnehmend. Der am wenigsten problematische unter den

Geschwistern, begabt zum Zeichnen, Malen und Freundschaftschließen. Wie jedes Porträt, ist auch dieses eine Momentaufnahme, und noch ahnt niemand, wo die Lebenswege der Geschwister einmal hinführen.

II. Steinau – Leben in der Kleinstadt

Bis zur Mitte des 19. Jahrhunderts ist das Leben in Deutschland durch die Klein- und Mittelstädte geprägt worden. Auf den Genrebildern, wie sie das Biedermeier liebt, wird die bürgerliche Familie in der Geborgenheit kleiner Stuben und lauschiger Gartenwinkel dargestellt. Eine überschaubare und vertraute Welt, gerade in ihrem Gleichmaß. Da waren die sonntäglichen Predigten, die Kirchenfeste und Kindstaufen, die Jahrmärkte mit ihren Gauklern und fliegenden Händlern, die Amtsvisiten und Besuche der Honoratioren untereinander, die Termine der Postkutsche.
Bei der Unzulänglichkeit der Transportmittel – zweieinhalb Tage brauchte man mit der »Diligence« von Kassel nach Frankfurt – war jedes Städtchen für seine Hauptbedürfnisse auf die Produkte der nächsten Umgebung angewiesen; diese Isolierung wurde noch verschärft durch die überall inmitten Deutschlands gezogenen Zollschranken. Dreihundert solcher Grenzen zählte Madame de Staël (De l'Allemagne, 1810). Was in der Nähe erzeugt wurde, war wohlfeil; was aus der Ferne herbeigeschafft werden mußte, war teuer oder gar nicht zu haben. Der Kaffee zum Frühstück wurde häufig mit Zichorie versetzt, die Butter aufs Weißbrot

möglichst gespart (die »Butterleute« von der Schwalm kamen eigens mit Hundekarren nach Kassel, acht Pfund für den Taler, aber auch das war eine Menge Geld). Geschmelzt wurde mit Rindsfett oder Speck, Pfannkuchen ließen sich mit »Olei« (Rüböl) zubereiten; zum Süßen der Speisen wurde vielfach, statt des Importartikels Zucker, Sirup genommen. Und Läden, in denen man fertige Speisen kaufen konnte – undenkbar. Allenfalls frische Wurst ließ sich beim Metzger besorgen, Brot, Zwieback und Kringel beim Bäcker.

Es war ein selbstgenügsames häusliches Leben; die Hausfrau, meist mit einer weiblichen Bediensteten, organisierte die Arbeit (gleichzeitig eine Köchin und ein Hausmädchen zu halten, galt damals als Luxus – wie heute erst recht). Der Alltag voller aktiver menschlicher Umtriebe: Kinder und Gevattern, Nachbarsleute und Besucher. Die Gärten um das Haus angelegt oder draußen vor dem Tore dazugekauft bzw. gepachtet. Blumen gab's da, Sträucher, die meisten von der nützlichen Sorte, Gemüsebeete, Obstbäume – ein weites Feld der Besorgung und Betätigung. Die meisten Einwohner verstanden sich als Ackerbürger, und kaum eine Hausgemeinschaft kam ohne Kühe und Schweine, Federvieh, Ziegen oder Schafe aus. Der ganze soziale Kosmos innerhalb und außerhalb des Hauses diente dazu, die vielköpfige Familie zu ernähren, denn selbst Standespersonen verdienten wenig bares Geld und waren auf alle möglichen naturalen Einkünfte angewiesen.

Dies war der Lebensraum, in den die Familie Grimm sich versetzt sah, als sie 1791 von Hanau – einer ansehnlichen Stadt für die damaligen Verhältnisse – nach Steinau zog. Hier hatte der Vater die wichtige Stelle eines

Amtmannes erhalten. Er kehrte damit in seinen Ge-
burtsort zurück, in dem der Großvater Friedrich
Grimm fast ein halbes Jahrhundert sein Amt als refor-
mierter Pfarrer ausgeübt hatte. Mit dem Einzug ins
Amtshaus verband sich viel Hoffnung. Aber welche
Entfaltungsmöglichkeiten bot diese kleine Stadt mit ihren rund 3000 Einwohnern der Familie Grimm?

Steinau um 1850
Stahlstich von E. Höfer

Steinau war damals – im Gegensatz zur heutigen Zeit,
in der der Ort mehr am Rande des Geschehens liegt –
für Amtsträger der mittleren Ränge ein durchaus anzie-
hender Platz. Der Vater stieß bei seiner Bewerbung auf
eine Reihe ernsthafter Konkurrenten und war froh, daß
die Wahl auf ihn fiel. So zog die Familie Grimm in das
stattliche Amtshaus ein, das noch heute den Besucher
beeindruckt. Wer dort lebt, hat Raum zur Entfaltung,
wie er den kleingeduckten Häusern der Nachbarschaft
abgeht. Nur das Renaissanceschloß der Hanauer Grafen beeindruckt mehr; hochragend, ist es dem bürgerli-

chen Leben gleichsam entrückt. Das Amtshaus aber ist unten zu finden zwischen den Gassen – in seiner amtlichen Würde und großzügigen Bauweise der Gipfel des Bodenständigen.

Der neue Rahmen gab den Kindern, diesen mehr oder minder bewußt, eine selbstverständliche Sicherheit. Das Amtsgebaren des Vaters verstärkte das noch, er empfing Schultheißen, Advokaten und Lehrer, er hatte hier wie im benachbarten Schlüchtern auf dem Markt und anderswo für Ordnung und Wahrung der Gesetze zu sorgen. »Wir waren die schönsten Kinder in der Stadt, mit den langen Haaren, taten niemand etwas, und die Kappen wurden vor uns abgezogen von den Bürgersleuten ...« Niemand anders als Ferdinand, der Ich-Schwache, erinnert sich so dieser Zeit (1822 in einem Brief an Ludwig). Selbsterhöhungen galten in dem streng reformierten Hause Grimm als unfein, aber Ferdinand hatte es sichtlich nötig, an solcher Erinnerung festzuhalten. Von dem Selbstbewußtsein, das ihnen in der Steinauer Zeit durch die soziale Stellung des Vaters zugewachsen war, profitierten und zehrten gewiß auch die anderen Geschwister; vor allem kam es ihnen später im Umgang mit Personen von Rang und Namen zugute.

Steinau hat den Grimm-Kindern noch etwas anderes, scheinbar Entgegengesetztes vermittelt: die Volksnähe. Sie nahmen ohne Vorbehalt teil an einer eng verbundenen, vielfach vernetzten Gemeinschaft; sie reichte vom Pfarrer und Stadtpräzeptor Zinkhan bis zum Gärtner Amend, dem Hirten und dem alten Handelsjuden, dem Preußche von Schlüchtern). Dieser »Anschauungsunterricht über eine Art Urform der Gesellschaft« (Ludwig Denecke) war für Jacob und Wilhelm lebenslänglich wirksam. Hier übten sie ihre Beobachtungsgabe, registrierten Alltägliches, nahmen das Besondere auf, entwickelten ein Gehör für Sprichwörter und Redeweisen, ein Gespür auch für mündlich Erzähltes: Die Bürgersöhne kamen zu ihrem Handwerkszeug. Das hob sie ab von anderen berühmten Zeitgenossen, die als behütete Kinder des Großbürgertums oder des Adels niemals in einer solchen Umwelt der Bauerngärten und Kuhställe, Töpfer- und Schmiedewerkstätten zu Hause waren. Ganz abgesehen von den derberen Eindrücken, etwa des Schlachtens und Wurstmachens im väterlichen Haus, von denen Jacob erzählt.

Aus diesem Kleinstadtfundus schöpften alle Kinder. Die aufmerksamen Jungen erschlossen sich ihre Welt selbst, indem sie sich auf ihre Umgebung neugierig und aufnahmebereit einließen. Ferdinand kommt in Briefen immer wieder darauf zurück; bei den aktiveren aber, Jacob, Wilhelm und Ludwig, ging das Erlebte und Beobachtete unmittelbar in ihr späteres Werk ein. Die Art, wie die Brüder *ihr* Steinau und die Landschaft des Kinzigtals in sich aufnahmen und verarbeiteten, war bei aller Gemeinsamkeit recht verschieden und darin typisch.

Jacob verfiel geradezu in einen Rausch, alles genauestens aufzureihen und zu ordnen, was ihm in den Blick geriet. Aus der Erfahrung der Fremde, in der Zeit als Legationssekretär, machte er sich in Dijon genaueste Notizen über seine Beobachtungen in den Steinauer Jahren. Für 1792 und 93 reiht er, minutiös registrierend, in einzelnen Kapiteln auf: *Kleider, Leute, Lernen, Müßiggang und Spiele, Ständige Vorgänge im*

Ausblick vom Schloß auf das alte Rathaus Steinau
Getuschte Federzeichnung von Ludwig Emil Grimm
(BGM I b 9)

Haus. Eine gewaltige Registriermasse. Ein Beispiel daraus:

»Nach dem Mittagessen zwischen dem Kaffee ging der Vater gern im Hof und Hausgarten, schnitt Weintrauben zum Dessert ab, oder untersuchte den Hühner- und Enten- und Taubenstall, fütterte die Enten im Trog mit Hafer, welche sich dabei mit den Hälsen untertauchten, besah die Pferde und ging durch den Schafstall zu den Kühen. Wie oft habe ich den Kühen Futter vorwerfen oder sie melken sehen. Auch hielten wir Schafe, die aber meist auf dem Felde waren und nicht heimkamen, die jungen Lämmerchen waren eine besondere Freude und der Vater sah auf schwarze, wegen

Steinau 1815
Aquarell von Ludwig Emil Grimm

der schwarzen Wolle zu nichtschmutzenden Strümp-
fen, dergleichen wir viele Jahre trugen. An Seidenhasen
und Kaninchen hatte er ein besonderes Vergnügen, es
wollte aber nicht recht fort damit. Dem Dreschen,
Schaufeln, Einfahren des Heus und der Kartoffeln habe
ich sehr oft zugesehen, beides war mir gleichgültig. Der
Bot Müller brachte Herzkirschen und Fastenbrezzeln
von Hanau mit. Im Hausgarten waren viele Balsami-
nen, Reseda und Levkojen, aber etwas zu unordentlich
durcheinander, auch Goldlack war da. ...«
Wilhelm betont in seinem Rückblick auf die Steinauer

Zeit mehr die Gefühlsseite seiner Erlebnisse. In einer poetischen Annäherung an das Beobachtete und Empfundene schreibt er in seiner Selbstbiographie: »Die Gegend von Steinau hat etwas Angenehmes. Oft sind wir zusammen in den Wiesentälern und auf den Anhöhen umhergegangen; der Sinn für die Natur mag uns, wie vielen, angeboren sein, aber er ist doch auch auf diese Art genährt und begünstigt worden. Noch jetzt weiß ich nichts, was so sicher die friedliche Stimmung der Seele, in welcher alles Glück beruht, hervorrufe, als ein einsamer Spaziergang, wo kein Gespräch und Unterhaltung uns an die Bemühungen des Lebens erinnert und wir die Natur frei auf unsere Gedanken wirken lassen.«

Nie hätte Jacob die Neigung gehabt, sich so sentimental über sein »paradise lost« zu äußern. Auch dem Malerbruder Ludwig fehlte die Gefühligkeit Wilhelms. Lustig und mit wildem Temperament hat er Steinau erlebt und dabei doch, den beiden Ältesten gleich, alle Einzelheiten genau wahrgenommen. Er hatte seine eigene Art des intensiven Umganges mit den kleinen Leuten, den Schulfreunden und Nachbarskindern. Kleinstadtoriginale wie der mürrische und eigensinnige Gärtner Johannes Amend oder der immer wieder in der Familienchronik der Grimms auftauchende Präzeptor Zinkhan werden von Ludwig besonders deftig, aber wahrheitsgetreu beschrieben. Auch die Landschaft um Steinau, die er unermüdlich durchstreift, schildert er mit Maleraugen. »Sein« Steinau sieht, in der Erinnerung, so aus: »Im Schneeballwerfen, Raufen und Balgen tat es uns keiner gleich. ... in den Scheunen wurde die Leiter bis oben hinauf geklettert und auf den einzelnen Balken herumgegangen; die vielen anderen Bäume ungerechnet, war im Biengarten gewiß keiner, auf den ich nicht geklettert wäre, und die Beinkleider, auch wenn sie noch neu waren, waren auch oft abends an den Knien zerrissen; die Marie hat sie oft, ohne daß die Mutter es gewahr geworden, in der Nacht geflickt und gestopft.« Mit den Müllerknechten war er zusammen und begleitete die Pferde zur Tränke, manche Scheibe ging zu Bruch, wenn er mit seinen Freunden das Städtchen unsicher machte, und stolz erwähnt er, daß er für die Leute nur »der wilde von Grimms Kindern« war. Das Kleinstadtleben hat alle fünf Brüder stark geprägt, jeden auf eigene Weise. Das Steinau Jacobs ist nicht das Ludwigs, wie auch das Naturell der einzelnen Geschwister sehr verschieden ist. Für den – bald bitter notwendigen – Zusammenhalt der Familie hat sich dies sogar eher förderlich als störend ausgewirkt.

III. Ende einer Familienidylle

Die Grimms – eine alles in allem stattliche Familie. Kein üppiges, aber doch ein standesgemäßes Leben im großen Amtshaus mit Kutscher, Mägden und einer ansehnlichen Zahl befreundeter Honoratioren. Die Zuwendung der Eltern, die Gespräche, die Bücher im Hause, Tante Schlemmers »aufopfernde Liebe«, alles das gewährleistet eine anregende Lern- und Lebensatmosphäre. Die Kinder scheinen die besten Startchancen zu haben.
Die schroffe Zäsur, die das Leben der Familie einschnei-

Jacob als Kind
Stich von Ludwig Emil Grimm

dend verändert, ist an ein ganz präzises Datum geknüpft.
Es ist der 10. Januar 1796, der Todestag des Vaters. Die
kurze, heftige Krankheit des 44jährigen, der jähe Tod,
die Umstellungen danach brachen so plötzlich über die
Angehörigen herein, daß sie sich erst viel später der
Tragweite des Verlustes bewußt wurden.
Kurz vor Weihnachten 1795 erkrankt der Amtmann an
einer bösartigen Lungenentzündung. Großvater Zimmer erkundigt sich in langen Briefen nach dem Befin-

den des Patienten, und Jacob gibt an Stelle der überforderten Mutter gewissenhaft Auskunft über Aderlässe und eingenommene Medizin. Nach einem traurigen Weihnachtsfest schöpft die Familie zum Jahresbeginn wieder Hoffnung, und Jacob schreibt am 5. Januar an den Großvater: »Der liebe Vater bekommt nun wieder appetit und ist unter andern auch auf des Bäcker Schürcko sein gemischtes Brod gekommen. Die Mutter bittet daher mit Gelegenheit ein Leibgen zu schicken das aber den nemlichen Tag gebacken ist, denn trockenes kann der Vater nicht genießen.«

Das Brot aus Hanau, das der Großvater durch einen Boten schicken läßt, kommt zu spät. Am Morgen des 10. Januar wird Jacob durch Stimmen im Nebenzimmer geweckt. Er späht durch die Tür und sieht den Sargtischler Maß nehmen am toten Vater. Der da liege, habe eigentlich einen Sarg aus Silber verdient, hört er den Tischler sagen. Diese Wertschätzung erfüllt den Sohn trotz allen Schmerzes mit Genugtuung. Um so empörter ist er, als in den nächsten Tagen eine Hanauer Kommission den Nachlaß des Vaters überprüft, und er sie abschätzig über die Amtsführung des Verstorbenen urteilen hört. In einem Brief an Großvater Zimmer fordert er – wie ein Erwachsener – der Betreffende müsse verklagt werden.

Ganz selbstverständlich wächst der erst Elfjährige in die Aufgaben eines Familienoberhauptes hinein. Wahrscheinlich empfindet er diese Rolle auch als Auszeichnung. Sorgfältig trägt er den Tod des Vaters in die Familienbibel ein und benachrichtigt die Verwandten. Auf dem Steinauer Friedhof wie auch in der reformierten Katharinenkirche liegt eine Reihe von Vorfahren

Wilhelm Grimm (1808)
Bleistiftzeichnung von Ludwig Emil Grimm
(HLSt 7 – Privatbes.)

der Grimms begraben. Die Kinder leben in dieser Familienkontinuität, eine Ahnenreihe, in die nun auch der Vater eingefügt wird. Wilhelm erinnert sich später: »Wenn ich nach des Vaters Tod in Steinau auf der Orgel in der Kirche saß und gepredigt wurde, legte ich beständig den Kopf auf die Hand und dachte nach, wie es sein würde, wenn der Vater auf einmal unter den Leuten wäre, die aus der Kirche gingen und mich bei der Hand faßte, oder wenn er hinter der Tür ständ und mich anredete.«

Jacob sieht den Verstorbenen vor allem an seinem Schreibtisch vor den Schränken mit den sauber gehaltenen rot und grün beschrifteten Büchern. Viele Jahre danach schreibt er nachdenklich an Ferdinand: »Er wurde mitten aus seiner Wirksamkeit durch den Tod gerissen, ohne Freude und vergeltende Liebe an seinen Kindern zu erleben. Wahrscheinlich wäre ganz etwas anderes aus uns geworden, wenn ihn Gott länger erhalten hätte.« Jacobs erste berufliche Schritte wurden allerdings noch durch den Wunsch des Vaters bestimmt, den er als Vermächtnis respektierte. Er begann – ohne rechte innere Neigung – mit dem Studium der Rechtswissenschaft.

Die Schwere der Verantwortung, die Jacob nun nach dem Tod des Vaters für die ganze Familie übernommen hat, läßt sich aus einem Brief erahnen, den er Ende Januar 1796 an die Tante Zimmer in Kassel richtet. Henriette Zimmer, eine ältere unverheiratete Schwester der Mutter, dient als Erste Kammerfrau am Kurfürstlichen Hof zu Kassel und ist den Kindern in Steinau sehr zugetan. Trotzdem hat der folgende Brief Jacob sicherlich große Überwindung gekostet: »Ich empfehle mich Ihnen mit meinen 5 vaterlosen Geschwistern Ihrer Liebe und Vorsorge und bin überzeugt, daß ich keine Fehlbitte thue. Ich weiß, daß Sie herzlichen Antheil an unserm großen Verlust nehmen. Könnte ich doch auf eine Stunde die Ehre haben, Ihnen aufzuwarten, um Ihnen mündlich so recht meine Herzensangelegenheiten zu erzählen. Wie viel hätte ich Ihnen von meiner lieben leidenden Mutter zu sagen. Gewiß würden Sie mich trösten und mir guten Rat erteilen.« Ein verklausulierter Bettelbrief, mit Höflichkeitsbeteuerungen durchsetzt, die das gute Herz der Tante rühren sollen. Kaum glaublich, daß ein eben Elfjähriger diesen Brief allein abgefaßt hat.

An wenigen Sätzen wird das ganze Elend deutlich, in das die Familie von heute auf morgen hineingestürzt ist. Mit dem Tod des Vaters beginnt ihr sozialer Abstieg. Während Jacob an die Tante schreibt, richtet die Mutter zur gleichen Zeit ein Bittgesuch nach Kassel, worin sie darlegt, ihr Geld reiche nicht aus, »jenen lehrbegierigen Knaben einen solchen Unterricht geben zu lassen, der sie dem Vaterlande dereinst brauchbar mache.« Angesichts der aktuellen Not büßen manche Familiengrundsätze ihre Geltung ein. Nie hätte der Amtmann Grimm sich derart hilfesuchend an eine Verwandte oder Behörde gewandt. Nun aber ist es mit der Amtmannshoheit und dem damit verbundenen Verhaltenskodex vorbei. Zeiten der Unsicherheit und Irritation, auch der Demütigung.

Dem Nachfolger im Amtshaus kann der Auszug der Witwe mit den sechs Kindern nicht schnell genug gehen. Hals über Kopf müssen auf sein Drängen die Wohnräume und Stallungen geräumt werden. Obst- und Gemüsegarten bleiben ungeerntet, der neue Amtmann Gerlach versucht sogar, die Witwe um das »Gnaden-Quartal«, das ihr zustehende Witwengeld, zu prellen. Aber da wird Dorothea Grimm zum ersten Mal in ihrem Leben selbständig aktiv. Sie wendet sich mit einem »Pro memoria« an die Regierung und listet die von

Mutter Dorothea und ihr jüngstes Kind,
die »liebe Lotte« (1808)
Bleistiftzeichnungen von Ludwig Emil Grimm

Jacob sorgsam zusammengestellten Forderungen auf, die sie an den Nachfolger im Amtshaus noch zu stellen hat: »30 Gulden für 14 Wagen Dung zum Schieferakker, 10½ Gulden von dem Zehntlämmergeld, 16½ Gulden für Heu und Grammet vom Hemmerich, die Hälfte der Eicheln vom Landrück. ½ Maß Erbsen und 1 Maß Heidenkorn vom Acker in Breitenbach und vor allem 270 Gulden Anteil für die Garten-Meliorationen.« Amtmann Gerlach, der die Notlage der Witwe weidlich ausgenutzt hat, sieht sich schließlich zum gerichtlichen Vergleich gezwungen.

All diese ungewohnten Auseinandersetzungen und Querelen kosten Dorothea Grimm viel Überwindung, zehren an ihren Nerven. Die Kinder erleben die Mutter fast ständig niedergeschlagen und von Sorgen bedrückt. Die beiden ältesten wissen warum: Der Vater hat in seiner nur fünfjährigen Amtmannstätigkeit keine Ersparnisse zurücklegen können, ererbtes Familienvermögen ist nicht vorhanden. Es fehlt am Nötigsten. Eine vorläufige Bleibe hat die Familie im ehemaligen Huttischen Spital, dem ältesten Wohnhaus Steinaus, gefunden, das dem Amtshaus benachbart liegt. Das heute sorgfältig renovierte Fachwerkhaus ist damals in schäbigem Zustand und wird von vier Parteien bewohnt. Wenn man sich die in den engen Kämmerchen zusammengepferchte Familie vorstellt, ist es nicht übertrieben, von »drohender Proletarisierung« (Ludwig Denecke) zu sprechen. Der ständige Blick auf das Amtshaus macht den Abstieg um so augenfälliger.

Dorothea Grimm bemüht sich deshalb, möglichst rasch eine andere Wohnung zu finden. Noch im selben Jahr kauft sie aus dem Erlös der Gartengrundstücke einen Anteil an der sogenannten Alten Kellerei, einem Haus am Brückentor, zu dem auch einige kleine Ställe, eine halbe Scheuer und ein Gärtchen gehören. Hier beginnen die Kinder wieder aufzuleben, können erneut Viehzeug halten und haben ihre Spielgefährten, den jungen Denhard und Kläßchen, den Sohn des Töpfers. Für die Mutter ist die Umstellung viel schwieriger. Der Anger am Brückentor ist eine Kleine-Leute-Gegend. Hier hält man kein Dienstpersonal und empfängt keine Gäste. Früher verkehrte sie mit der Frau Rose auf Hof Hundsrück, deren Mann Gouverneur in Ostindien war, mit der Familie Stickel im Schlüchterner Schlößchen oder dem Amtskommissarius von der Velden. Das alles läßt sich nun nicht mehr aufrecht erhalten.

Das Jahr 1796 bringt für die Grimms neben dem Tod des Vaters und dem Auszug aus dem Amtshaus noch eine dritte schwere Belastung. Im Dezember stirbt die

treue Hausgenossin Tante Schlemmer, die den Kindern erste geduldige Lehrerin war. Sie brachte ihnen Lesen und auch etwas Schreiben bei, bevor sie in die Stadtschule unter die gestrenge Fuchtel Präzeptor Zinkhans kamen. Sie hielt auch die jüngeren Geschwister im Zaum, den lebhaften Ludwig vor allem, wenn die Mutter ihre Kopfwehtage hatte. Nun müssen Jacob und Wilhelm in die Bresche springen. Und sie tun es mit einer für ihr Alter erstaunlichen Umsicht. Wilhelm entwickelt lebenspraktischen Sinn und Organisationstalent, was man dem sensiblen Jungen gar nicht zugetraut hätte. Jacob nimmt sich der rechnerischen Wirtschaftsführung an, ermahnt säumige Schuldner und schlägt sich mit gerichtlichen Hypothekenzinsen herum. Alles, was an Schriftlichem anfällt, das Private eingeschlossen, erledigt er. So werden seine geistigen Fähigkeiten, die im Unterricht des arg begrenzten Zinkhan zu verkümmern drohen, wenigstens etwas gefordert. Wie Wilhelm leidet er unter dem sinnlosen Drill: »Den Präzeptor hatte ich nie lieb, wiewohl Respect vor ihm, er war pedantisch, streng und unmethodisch, aber sehr ordentlich und von beschränkten Kenntnißen.«
Längst haben Jacob und Wilhelm ihren Lehrer an Wissen überflügelt, die Bücher aus Vaters Nachlaß sind durchstöbert. Bezeichnend für die ermunternde und ermahnende Art des Großvaters ein Brief an Jacob: »Fahre nur in der bisherigen üblichen Laufbahn fort, so daß Du dadurch besonders auch Deinen übrigen Geschwistern zu einem ermunternden Beispiel dienen mögest. Eins, lieber Jacob, muß ich noch bemerken: Habt Ihr dann, wenigstens Du und Dein Bruder Wilhelm, noch keine Anweisung zu der Rechenkunst? eine

ohnentbehrliche Wissenschaft in jedem Fache ...«
(31.8.1797). Schuldefizite, nicht nur in der Rechenkunst, sind offenkundig. Zwar hat die frühe Erfahrung
des Auf-sich-Gestelltseins, der eigenmächtigen Wis-
sensaneignung auch ihr Gutes: die Grimms bleiben auf
vielen Gebieten fruchtbare, findige und selbstbewußte
Autodidakten. Andererseits entbehren sie in ihrer
Kindheit und Jugend ein wirklich anregendes geistiges
Klima. Die soziale Zurückstufung nach dem Tode des
Vaters verstärkt dies noch mehr.

Doch bewährt sich wieder einmal die Großfamilie:
Tante Zimmer erklärt sich bereit, auf ihre Kosten für
Jacob und Wilhelm in Kassel eine Unterkunft zu besorgen und die Brüder am dortigen Gymnasium, dem Fridericianum, anzumelden. Die Mutter willigt schweren
Herzens ein. Sie weiß, das bedeutet Trennung von den
beiden Ältesten, bedeutet alleinige Sorge für die vier
jüngeren Geschwister, bedeutet das vorläufige Ende
der eng zusammengerückten Familiengemeinschaft.
Wie sollte es auf die Dauer weitergehen?

IV. Das liebe Geld oder
Wie man sich durchbeißt

Zum Glück hatten die Grimms trotz aller schwierigen
Umstände eine sehr lebenspraktische Art, mit ihren
materiellen Nöten umzugehen. Über Geldsorgen und
damit verbundene Einschränkungen und Benachteili-
gungen wurde häufig und offen gesprochen, und in den
Briefwechseln finden sich unzählige Stellen, die sich

ums liebe Geld drehen. Jacob entwickelt fast eine Lebensphilosophie daraus: »Dürftigkeit spornt zu Fleiß und Arbeit an, bewahrt vor mancher Zerstreuung und flößt einen nicht unedlen Stolz ein, den das Bewußtseyn des Selbstverdienstes, gegenüber dem, was andern Stand und Reichthum gewähren, aufrecht erhält.«

Aber immer reicht dieser Stolz nicht aus, um sich souverän über die mit der Geldnot einhergehenden Widrigkeiten hinwegzusetzen. Die Studentenzeit hat sich für Jacob besonders eingeprägt: »Zu Marburg mußte ich eingeschränkt leben; es war uns, aller Verheißungen ungeachtet, nie gelungen, die geringste Unterstützung zu erlangen, obgleich die Mutter Witwe eines Amtmannes war, und fünf Söhne für den Staat groß zog; die fettesten Stipendien wurden daneben an meinen Schulkameraden von der Malsburg ausgeteilt, der zu dem vornehmen hessischen Adel gehörte und einmal der reichste Gutsbesitzer des Landes werden sollte.«

Zwar beteuert Jacob, daß ihn dies nie geschmerzt, daß er stets mäßige Vermögensumstände als Glück und Freiheit empfunden habe – doch die Wirklichkeit sieht anders aus. Es macht ihm sehr wohl zu schaffen, daß – trotz seiner glänzenden Beurteilungen durch die Lehrer am Kasseler Fridericianum – die Mutter für seine Aufnahme in die Universität Marburg ein Bittgesuch an den Landesherrn stellen muß; die Grimms gehörten nicht den ersten sieben Hofrangklassen an, für die der Universitätszugang ohne Formalien möglich war. Schon auf dem Gymnasium, wo Jacob seiner Herkunft vom Lande wegen mit »Er« statt wie die anderen mit »Sie« angeredet wurde, stieß er sich an dieser unterschiedlichen Behandlung: »Solche Ungleichheit … sollte sich ein Lehrer nie erlauben, weil sie von allen Schülern lebhaft wahrgenommen wird.«

Seine Empfindlichkeit gegen soziale Ungerechtigkeiten und Zurücksetzungen behält er zeitlebens bei. Daß ihm 1807 bei einer Bewerbung um die Stelle eines Bibliothekars an der öffentlichen Bibliothek zu Kassel der einflußreichere Friedrich Murhard vorgezogen wurde, verwindet er nur schwer. Mehr als zwanzig Jahre später muß er eine ähnlich harte Niederlage einstecken, als er in Kassel nicht, wie selbstverständlich erwartet, in die erste Bibliothekarsstelle aufrückt.

Auch der, gemessen an der eigenen Karriere, steile Aufstieg seines späteren Schwagers Ludwig Hassenpflug zum Staatsminister beschäftigt ihn. Zwar schreibt er einmal an Achim von Arnim, er habe keine Lust, ein vornehmer und angesehener Mann zu werden, seine Wünsche gingen vielmehr dahin, auch in Zukunft in einfachen, natürlichen Verhältnissen leben zu können. Doch die Häufigkeit, mit der er seine und seines Bruders Stellung in der Gesellschaft überdenkt, läßt durchblicken, daß ihm dies alles andere als gleichgültig ist. In der späteren Rechtfertigungsschrift »Über meine Entlassung« schreibt Jacob: »Nie, von früh auf bis jetzt, ist mir oder meinem Bruder von irgend einer Regierung Unterstützung oder Auszeichnung zu Theil geworden ... Diese Unabhängigkeit hat meine Seele gestählt, sie widersteht Anmuthungen, welche die Reinheit meines Bewußtseins beflecken wollen.«

Bezeichnend, wie auf die Anklage immer gleich ein tröstlicher Nachsatz folgt – eine positive Lebensmaxime gleichsam, die er sich selbst setzt und die ihn befähigt, trotz seiner Sensibilität Widrigkeiten auszuhalten,

bei denen andere Zeitgenossen resigniert hätten. Man vergegenwärtige sich den massiven finanziellen Druck, unter dem die Grimms von früh auf gestanden haben: Das Gymnasium in Kassel muß in der kürzest möglichen Zeit absolviert werden, um die Großherzigkeit der Tante, die den dreizehn Jahre alten Jacob und den zwölfjährigen Wilhelm beim landgräflichen Mundkoch Volprecht in Kost und Logis gegeben hat, nicht noch mehr zu strapazieren. Die beiden danken es mit eiserner Arbeitsdisziplin. Sie holen die Steinauer Schuldefizite in kurzer Zeit auf und schaffen das ganze Lernpensum in vier Jahren, der Hälfte der sonst üblichen Zeit. Täglich sechs Stunden Unterricht, daneben vier oder fünf Privatlehrerstunden in Latein und Französisch beim Pagenhofmeister Dietmar Stöhr – da bleibt auch nicht die geringste Spanne für Zerstreuung oder Erholung. Und im Hintergrund immer die mahnende Stimme der Mutter: »Dich mein Sohn erinnere ich, sei ja fleißig besonders zu Haus, Du mußt aniezo vielen Vergnügen entsagen … Ja, Wilhelm, nutze die gute Gelegenheit die Dir Gott giebt denn bedenke wenn mich oder die gute Tante der Himmel von der Welt nehme so hätte alles auf einmal ein Ende und Du müßtest alsdann was anders ergreifen, ja bedenke ferner, was Du und Dein Bruder für Vorzüge vor Deinen Geschwistern hast, an die kan man nicht wenden was an euch gewendet wird.Bei andern jungen leuten von Deinen Jahren darfst Du Dich nicht vergleichen wenn sich die Vergnügen machen, die haben vielleict Ihre Ältern noch. Du hast aber keinen Vatter mehr …« (Brief vom 27. 10. 1798).
Das ständige Lernen, der Mangel an frischer Luft set-

zen Wilhelms Gesundheit zu. Häufige Atembeschwerden und Brustschmerzen machen den regelmäßigen Schulbesuch unmöglich. Er kann deshalb erst 1803, ein Jahr nach Jacob, zur Universität überwechseln. Auch er erhält hervorragende Beurteilungen durch die Lehrer, sein Rektor erhofft von ihm, er werde einst unter den Gelehrten mit Ruhm einen Platz behaupten. Das Asthmaleiden begleitet ihn von nun an ständig. Luftveränderung täte not, aber Kuraufenthalte übersteigen die finanziellen Möglichkeiten der Familie.

1809 endlich unternimmt er schlechten Gewissens eine Badereise nach Halle. Jacob, der »Finanzminister« der Familie, beschwört ihn geradezu, sich doch nicht zu sehr einzuschränken und sich auch einige Schoppen Wein zu gönnen. Wilhelm, in ein bescheidenes Stübchen einquartiert, gibt den Seinen zu Hause dauernd Rechenschaft über seine Ausgaben: »Ich habe so sparsam wie möglich gelebt, aber das Baden wird viel kosten, wenn ich die Rechnung bekomme; und dann hab' ich nach dem Bad auch ein Frühstück nehmen müssen, was ich sonst nicht that, so ist das Geld fast darauf gegangen, ich habe der lieben Tante, die mir in jedem Brief es vielmal angeboten, davon geschrieben und sie will mir 10 Louisdor auszahlen lassen« (August 1809). Auch Jacob hält Wilhelm über die Ausgaben zu Hause auf dem laufenden. Rolläden hat er machen lassen, Schlüssel zur Stuben- und zur Kammertür, günstige Bücher auf einer Auktion gekauft, Kleider für Ferdinand, eine Uniform für sich bestellt und für 6 Taler monatlich einen »Kammerjungen« eingestellt, wofür er Wilhelm eine Begründung schuldig zu sein glaubt. Dazu kommen die laufend anfallenden Aufwendungen für die Geschwister. Und Jacob und Wilhelm beschleicht nur zu oft das Gefühl, von den Jüngeren werde das mühsam Ersparte mit wesentlich leichterer Hand ausgegeben.

Seit dem Tod der 52jährigen Mutter – »nicht einmal mit dem Trost, eins ihrer sechs Kinder, die traurig ihr Sterbebett umstanden, versorgt zu wissen« – lastet die ganze Verantwortung für die Geschwister auf den Schultern der beiden Ältesten.

Eine schwere Bürde für die selbst noch nicht fest im Beruf stehenden Brüder. Sie meistern diese Aufgabe aber mit bewundernswertem Geschick für Selbsthilfeaktionen, es entwickelt sich eine, wenn auch nicht ohne Reibung funktionierende Notgemeinschaft. Jacob und Wilhelm vertreten seit dem 27. Mai 1808 Elternstelle, die vier jüngeren Geschwister werden immer wieder zur Solidarität ermahnt, wenn sie sich – sei es aus Bequemlichkeit oder Leichtsinn – der Pflicht zur Sparsamkeit zu entziehen suchen. Besonders hart trifft dies die erst fünfzehnjährige Lotte, die nun gezwungen wird, mit dem kargen Bargeld möglichst umsichtig hauszuhalten.

Wilhelm – seiner labilen Gesundheit wegen lange ohne Anstellung – kümmert sich mit um die Hausgeschäfte. Der hilfreichen Tante Zimmer gibt er getreulich Rechenschaft: Die Frau zum Wäscheflicken bekommt Essen und zwei Groschen täglich, der wohlfeil eingekaufte Wein kostet noch nicht einmal 5 Weißpfennige die Bouteille, die Butter wird aus Steinau bezogen, weil sie dort billiger ist, der Förster wird um preiswertes Winterholz angeschrieben, und Lotte näht aus einem alten weißen Kleid Halstücher für die Brüder. – Man

Lotte, am Tisch eingeschlafen (1815)
Federzeichnung von Ludwig Emil Grimm
(BGM Gr. Slg. Hz. 746)

spart, so gut es geht, ohne allerdings auf die letzten Pri-
vilegien, bessere Kleider für Jacob und einen Kammerjungen, zu verzichten. »Wir schränken uns ein, so viel
es angeht, wir wollen jetzt für uns drei nur zwei Portio-
nen Essen kommen lassen und für den Bedienten eine
schlechtere, wodurch etwas gespart wird«, schreibt
Wilhelm ein halbes Jahr nach dem Tod der Mutter an
die Tante.
Die sich selbst auferlegte Verpflichtung, für die drei
noch nicht versorgten Brüder und die Schwester aufzu-
kommen, bringt Jacob und Wilhelm nicht selten an
die Grenze des finanziell und psychisch Zumutbaren.
Für Ludwig, dessen künstlerische Begabung sich ab-
zeichnet, und der auch sonst von recht liebenswerter
Lebensart ist, empfinden die beiden Ältesten die ständigen Zuwendungen nicht so sehr als Belastung, eher
als Wechsel auf die Zukunft. Carl, der eine Kaufmanns-
lehre absolviert, braucht Hilfe von zu Hause nur ab und

45

zu in Anspruch zu nehmen, aber Ferdinand, der beruflich nicht zu Rande kommt und die Brüder immer wieder anbettelt, strapaziert deren Nerven und Geldbeutel
sehr. Jacob äußert sich dazu am 8. Mai 1812 in einem
Brief an Carl, den Ferdinand auch um Geld angegangen
hatte: »Daß Du dem Ferdinand Geld gegeben hast, hat
mir von Dir wohl gefallen … Wenn Du nach reellem
Anwenden dieses Gelds fragst, so findet das in Deinem
Sinn nicht statt, ich wüßte auch nicht wie, da ich ihm
alle Bedürfniße, selbst kleine, bezahle … Er hat zweimal bei Itzig auf meine Rechnung 4 und 3 Louisdor ge-
borgt, welches ich nachher beim Bezahlen wieder er-
fahren mußte; darauf habe ich ihm verwiesen, so daß er
sich natürlich weiter gescheut und sich nun an Dich gewendet hat.«

Das ist deutlich. Wilhelm verfolgt Ferdinands leicht-
sinniger Umgang mit Geld bis in den Traum hinein. In
einem Brief an Jacob erzählt er, ihn habe geträumt, wie
er mit Ferdinand auf einer Brücke stand und dieser ihm
seine drei letzten harten Taler gezeigt habe. Danach
habe er fröhlich einen nach dem andern ins Wasser ge-
worfen. – Der Traum offenbart mehr als jede konkrete
Erfahrung.

Die ganze finanzielle Misere erhellt ein Schreiben, das
Jacob, Bibliothekar in Kassel, am 19. November 1812
an seinen Lehrer, Freund und Vertrauten Carl von Savigny richtet. »Meine Besoldung sind 4000 fr. (etwas
über 1000 rth.) viel, wenn ich an den eigentlichen
Dienst denke, den ich dafür leiste, weniger, wenn ich
mich mit andern vergleiche, die hier sündlich bezahlt
werden, und bei der ausnehmenden Teuerung hier, die
sicher in Berlin geringer ist. Es sollte mir meinerseits

wenig Vorkehrungen kosten, um mir eine Zulage zu verschaffen, allein ich mag desgleichen niemals tun, teils weil ich mich schäme für meinen überbezahlten Dienst noch mehr zu fordern, teils um mich nicht zu binden, wiewohl ich mit Schmerzen sehe, daß mein Einkommen zu unserm Haushalt nicht reicht, sondern wir in den letzten Jahren das Unbedeutende, was uns die Mutter erspart und erhalten hatte, vollends zusetzen. Die zwei Brüder in München fallen uns hart, sie hatten darum nicht studiren sollen, weil das Vermögen nicht hinreichen würde, jetzo kosten sie schon mehr, als das Studiren ausgemacht hätte, allein das vermag niemand zu ändern, noch bis auf einen bestimmten Punct zu tadeln; der Louis kann mit dem besten Willen noch nicht zum Verdienst kommen, was wieder in seiner Lage liegt; der Ferdinand ist in einem betrübten Zustand, wie Sie wohl werden gehört haben und ehe Gott ihm und er sich selbst hilft, können weder wir noch er vernünftig an eine weltliche Anstellung denken. Der dritte Bruder schlägt sich selbst in Hamburg durch, und kostet das Ganze seit seiner Abreise nichts mehr; daß er brav denkt, mögen Sie schon daraus abnehmen, daß er nach einem Erbteil, das ihm gebühret und etwa zukommen könnte, noch nie verlangt oder nur gefragt hat.«
Die Sorge um die Familie läßt Jacob und Wilhelm nicht los. Dabei sind sie gerade jetzt mit philologischen Aufgaben eingedeckt: Wessobrunner Gebet, Hildebrandslied, der erste Band der Kinder- und Hausmärchen, der Weihnachten 1812 erscheint. Auch die politischen Ereignisse sind beunruhigend: im September brennt Moskau, der Rückzug der Großen Armee aus Rußland treibt seinem schrecklichen Höhepunkt zu. Die Men-

schen beginnen, über die Absetzung Napoleons zu sprechen. Die Grimms bleiben davon nicht unberührt. Schließlich hat Jacob von König Jérôme, dem in Kassel residierenden Bruder Napoleons, die Bibliothekarsstelle erhalten, er spricht glänzend Französisch, er ist ausgebildeter Jurist wie auch Wilhelm – dennoch zieht es beide nicht zur Politik. Die häusliche Belastung ist das eine, die immer stärker werdende Neigung zum Studium der Geschichte der Poesie und Literatur das andere. Das Hehre und das Profane liegen eng beieinander. Die finanzielle Absicherung der Geschwister beschäftigt die älteren Brüder zeitlebens. Jacob ganz ungeniert zu Ludwigs bevorstehender Heirat: »Auch in der Absicht ist Louis Verbindung vortheilhaft für ihn, daß seine Braut wohlhabend ist und ihm, wie ich höre, etwa 600 rth jährl. Einkünfte sichert; denn von seinem ungewissen Erwerb würde er nicht hinreichend leben können« (26.2.1829 an Ferdinand).

Selbst in Wunschträumen, die Wilhelm und Jacob nach dem Tod der Mutter ab und zu ihren Briefen anvertrauen, spielt Geld eine befreiende Rolle. So Jacob an Wilhelm am 25. Juni 1809: »Eine kleine Stadt von 2 000, 3 000 Menschen wünsche ich mir und uns zum Aufenthalt, ich möchte wissen, wie es mir noch geht, denn vieles ist mir jetzt so zuwider, daß ich nicht dabei bleiben werde, das weiß ich, auch wenn ich meinerseits ganz ruhig dabei bin; wenn uns Gott soviel gäbe, daß wir ein äußerlich mittelmäßiges Leben, aber unabhängig von dem geldverdienenden Dienen führen könnten!« Und von Wilhelm der Stoßseufzer: »Könnte ich denn nicht einmal eine Hofmeisterstelle bei einem reichen Grafen erhalten, ohne Unterricht geben zu müssen ...«

V. Geflecht der Gefühle

Man könnte denken, wer wie die Grimms ständig von Geldsorgen verfolgt wird, der entferne sich immer weiter von der Welt der Gefühle. Diese Vermutung liegt um so näher, als Jacob, der im wahrsten Sinn des Wortes Maß-Gebende in der Familie, seinem Naturell nach ein intellektueller, kritischer Kopf ist.

Tatsächlich gibt es bei den Grimms Zeichen einer solchen eher nüchternen Gesinnung. Bezeichnend ein Brief, den Jacob Grimm knapp eine Woche vor dem Tod der Mutter an seinen Lehrer Savigny schreibt: »Die Mutter, von einer höchst resignierenden, alles ertragenden und leidenden alles für uns hingebenden Natur. Dabei doch manchmal hart und verschlossen. Von die-

Links: »Der besten Mutter«
Neujahrsglückwunsch Jacobs 1800
Rechts: »An meine liebe Mutter«
Neujahrsglückwunsch Wilhelms 1798

ser Verschlossenheit scheinen wir alle, mehr oder weniger und auf verschiedene Manier unsern Teil zu haben.« Über die einzige Schwester vermerkt er: »Ein sonderbar hart steinern Gemüt, das wir mit aller Liebe nicht zwingen können. Brav und rechtschaffen, aber ich fürchte leer ...« Und über seinen Malerbruder Ludwig, der gerade nach Heidelberg aufbricht: »Es ist mir viel wert für ihn, daß er so unter die Menschen kommt, er ist noch roh und unwissend und war zu nichts zu bringen bis vor einigen Jahren ...« Über den planlos unsteten Ferdinand äußern sich die beiden ältesten Brüder noch weit drastischer.

Doch der Schein trügt; allen bedrückenden Situationen und aller kritischen Reserve zum Trotz bleibt auch Jacob – wie die übrige Familie – vom Gefühlsüberschwang der Zeit nicht unberührt. Von jener Zeit der Empfindsamkeit und sentimentalischen Aufwallung der Gefühle, wie sie in die Literaturgeschichte eingegangen ist: Goethes Werther, 1774 geschrieben, wirkte noch lange nach. An den Gefühlsausbrüchen in Schillers Don Carlos (1787) hatte sich eine ganze Generation freiheitsdurstiger Jugendlicher berauscht. Novalis' Blaue Blume (1802) wurde zum Ausdruck eines neuen, von der Sehnsucht gespeisten Lebensgefühls. Arnim, Brentano und Görres, mit denen die Brüder Grimm so enge Beziehungen eingingen, gaben die »Zeitung für Einsiedler« später unter dem bezeichnenden Titel »Trösteinsamkeit« heraus. Das Soldatenlied »Ich hatt' einen Kameraden« schrieb Uhland 1809.

Eine aufgewühlte Epoche voller innerer und äußerer Spannung, die nicht rational ausgehalten wird, sondern die Emotionen, oft bis zum Exzeß, freisetzt.

In diesen Lebens- und Beziehungsraum wachsen die Geschwister Grimm hinein: Gefühle werden gezeigt, nuanciert beschrieben und ausgelebt. Man versucht sich in pathetischen Stammbuchversen. Man ist vertraut mit der Blumensprache. Haarlocken und gepreßte Blütenblätter werden den Briefen beigelegt, deren Seiten sich mit den Beteuerungen gegenseitiger Seelenverwandtschaft füllen.

Diese Gesten sind von zeittypischer Bedeutung. Da bekommen selbst die Unbeholfeneren ihre Chance, wie etwa der Brief zeigt, den Ferdinand von Berlin aus am 8. September 1816 seiner Schwester zukommen läßt: »Liebe Lotte. Es freute mich gar sehr, als ich dein Briefchen bekam, worin du mir das Sträußchen Blumen verehrtest, die wohlgehalten sich ausnahmen und mir so recht nach dir und Caßel riechend entgegen lachten; ich will dir so gut ich kann, ein Gegen-Geschenk mit einem berliner Sträußchen machen ...«

Drei Wochen vorher hatte Ferdinand schon sein Herz ausgeschüttet: »Ach Lotte warum hast du mir denn nichts geschrieben, ach warum hast du mir denn nicht gesagt wie wohl du bist! warum fragst du denn nicht mich, daß ich dir sagen kann, wie wohl ich bin! Sieh so sey doch nicht so los von Güte oder Liebe, die darnach ja wohl fragt u. dann sage ich alles, so viel höre nur so viel daß ich gewiß gar nicht aus dem sagen heraus kommen kann, wenn ich drin einmal den Anfang gemacht habe ...«

Kein Wunder, daß Ferdinand im fernen Berlin, wo er einen Job als Korrektor gefunden hat, die Verbindung mit Lotte sucht. Die Schwester ist für ihn Mutterersatz, sie kommt ihm nicht gleich mit Belehrungen, wie er das von seinen älteren Brüdern gewohnt ist. Aber Lotte ist keine fleißige Briefschreiberin, ist mit ihren 23 Jahren selber noch zu sehr mit ihren eigenen Empfindungen und Problemen beschäftigt, um den Seelenkummer des Bruders mitzutragen. So bleibt sein Sich-Sehnen nach Zuneigung und Zuspruch am Ende doch wieder ohne Widerhall.

Selbst bei Ludwig, dem sonst so Unbeschwerten, gibt es Zeiten der Verlorenheit und des Heimwehs. Nach dem Tod der Mutter nehmen die »Herzbrüder« Arnim und Brentano ihn bei sich in Heidelberg auf. Aber weder gemeinsame Ausflüge noch die guten Arbeitsbedingungen in der »Einsiedelei« zwischen den Rebgärten am Schloßberg können ihm über den Verlust hinweghelfen.

In dieser Situation schreibt ihm Wilhelm am 8. August 1808 einen wichtigen Brief, ohne jede äußerliche Liebenswürdigkeit, um desto unmittelbarer Gewissen und Gemüt des Achtzehnjährigen zu treffen:

»Du siehst jetzt ein, was Du mir sonst nicht glauben wolltest, wie man durch die Entfernung seine Brüder und alle Leute, die es gut meinten, erst recht lieb gewinnt und wie man darnach leben soll, die Liebe rechtschaffener Menschen zu verdienen ...« Offen spricht Wilhelm die Krise seines Bruders an und dessen Anschuldigungen, die Älteren hätten sich zu wenig um ihn gekümmert: »Aber das hat mich betrübt, daß Du dabei hast ungerecht sein können, wenn Du meinst, wir hätten uns wenig mit Dir abgegeben. Ich wenigstens weiß von mir, daß ich mit dem besten Willen und der herzlichsten Neigung zu Dir gegangen und mit Dir geredet über Dich und über alles, was Du vorhattest.« Unbewußt schwingen in den sehr persönlichen Äußerungen auch Schuldgefühle mit; wenigstens andeutungsweise verteidigt er sich, indem er auf die Belastung durch die eigenen Vorhaben hinweist.

Die immerwährende intensive Konzentration auf die Arbeit trifft tatsächlich für Wilhelm wie für Jacob zu, und sie kann nicht ohne Wirkung auf die inneren Bindungen zu den jüngeren Geschwistern bleiben. Der in vielfacher Hinsicht aufschlußreiche Brief an Ludwig dokumentiert zwar nicht die so gern zitierte Harmonie des Geschwisterkreises, aber er läßt das Verlangen nach Zuwendung und Verständnis und inneres Engagement erkennen, wie immer, wenn es sich um Wohl und Wehe der Familie handelt.

Daß die Geschwister nach dem Tod der Mutter enger zusammenrücken, ist verständlich. Für uns befremdlicher ist der Mutterkult, der nun einsetzt. So gesteht Wilhelm seinem älteren Bruder: »Heute war ich bei dem Grab der lieben Mutter, bin niedergekniet und hab an den Blumen gerochen, die du darauf gesetzt und die von ihr genährt worden sind ...« In den Schmerz mischt sich ein Schuldbewußtsein über Versäumtes.

Weit über das Maß geschwisterlicher Zuneigung hinaus geht die lebenslange, tiefe Freundschaft und Partnerbeziehung zwischen Jacob und Wilhelm. Die Verbundenheit der beiden habe etwas fast Unbegreifliches und ihre Äußerungen hätten die zärtliche Leidenschaft von Liebenden, schreibt Carl Zuckmayer; »sie haben wirklich aus ihren beiden Leben ein einziges gemacht.« Von klein auf hängen die älteren Brüder aneinander, erleben alles gemeinsam und glauben, niemals den anderen entbehren zu können.

Als Jacob ein Jahr eher als Wilhelm von Kassel nach Marburg zur Universität überwechselt, halten die beiden die Trennung kaum durch. Noch schwerer empfinden sie das Alleinsein, als Jacob 1805 für längere Zeit nach Paris reist. In seinem ersten Brief an den fernen Bruder bekennt Wilhelm: »Von den ersten Tagen weiß ich Dir nichts zu sagen, als daß ich sehr traurig war, und noch jetzt bin ich wehmüthig und möchte weinen, wenn ich daran denke, daß Du fort bist. Wie Du weggingst, da glaubte ich, es würde mein Herz zerreißen, ich konnte es nicht ausstehen, gewiß Du weißt nicht, wie lieb ich Dich habe. Wenn ich Abends allein war, meinte ich, müßtest Du aus jeder Ecke hervorkommen.«

Jacob tröstet den Bruder mit noch zärtlicheren Worten: »Allerliebstes Wilhelmchen!« und »Lieber Schatz« redet er ihn an. Da schwingen Gefühlsregungen mit, die Jacobs Einbindung in den Wortschatz seiner Zeit deutlich machen. Auch die emphatische Beteuerung, sich nie trennen zu lassen, jeden Versuch in die Richtung abzuwehren, da das Vereinzeln ihn zu Tode betrüben würde, zeugt von seiner Zugehörigkeit zur Epoche der innigen Freundschaften und großen Gefühle.

Dasselbe gilt für Wilhelm, der Trennungsängste und Schuldgefühle Jacob gegenüber nicht verbirgt. Gelegentlich aufkommende Unstimmigkeiten verfolgen ihn bis in seine Träume.

Noch im Schlaf quält ihn die Sorge, ob er Jacobs Liebe auch immer gerecht werde. Es kommt zu einer Traumbegegnung, die wohl auf dem Schuldgefühl über einen sich verlängernden Kuraufenthalt in Halle beruht. Wilhelm schildert seine Ängste sehr anschaulich: »Auf

Jacob und Wilhelm auf der Gartenbank sitzend,
von Emil Ludwig Grimm 1829
»nach dem Leben« gezeichnet und auf Stein übertragen

einmal war ich weg und auf dem Weg nach einem hohen
Berg. Nun weißt Du, daß auf dem Gotthard in der
Schweiz ein vergittertes Behälter ist, in welches die Er-
frorenen neben einander gestellt werden und so lange
erstarrt dastehn. Nun war ich vor einer solchen vergit-
terten Höhle, darin saßest Du und stütztest Dich auf
den Kopf. Wie ich neben Dir stand, richtest Du Dich
leis auf, Deine Augen waren blutroth und Du sagtest
mit schwacher Stimme: ›Warum bist Du nicht früher
gekommen, ich habe schon zwei Nächte hier gefroren.‹
Darüber mußte ich entsetzlich weinen in unbeschreiblicher Angst und wachte auf, und mein ganzes Gesicht

war verzogen, aber äußerlich hatte ich nicht geweint.« Jacobs Erstarrung, hervorgerufen durch Wilhelms mangelnde Zuwendung – ein Alptraum. Und Jacobs Briefe verstärken, unbeabsichtigt, Wilhelms Gefühle der Schuld noch, wenn der Ältere, auf die lange Trennung anspielend, schreibt, daß er nicht mehr richtig arbeiten könne, »weil ich allein bin, d. h. Dein Platz leer steht . . .«

Diese gegenseitige Abhängigkeit mutet um so erstaunlicher an, als die beiden Brüder keineswegs gleichgeartet sind in Wesen und Temperament. Doch ihre Anlagen ergänzen sich in einer geradezu idealen Weise. Und die Zuneigung ist von beiden Seiten gleich stark, auch wenn Jacob nach außen hin als der Dominantere erscheint. Ihn haben der Großvater Zimmer und die Tante Schlemmer zeitlebens vorgezogen, bei den Einstellungen in Kassel und viele Jahre später in Göttingen stuft man ihn höher ein als Wilhelm, er erhält öffentliche Ehrungen, wird in die Paulskirche gewählt, erhält den Orden Pour le mérite.

Wilhelm nimmt dies alles wie selbstverständlich hin, aus keiner seiner Äußerungen kann man auf Gefühle des Neides oder der Bitterkeit schließen. – Entspricht diese Selbstlosigkeit, diese Selbstbescheidung tatsächlich seinem Naturell oder leidet er nicht insgeheim unter der Zurücksetzung? – Vielleicht könnte uns da sein Traumtagebuch, das er auf Anregung Brentanos seit 1810 führt, Spuren weisen: Einmal sieht er im Traum ein weißes Emaillekreuz auf Jacobs Brust aufblitzen – Wunschtraum oder Vorausahnung? Viel später erst wird Jacob tatsächlich das Kreuz der Ehrenlegion verliehen.

Ein anderer Traum: Jacob zieht in Marburg aus dem gemeinsamen Studentenlogis aus in ein gegenüberliegendes Haus. Plötzlich taucht er wieder auf mit einer Flinte in der Hand und zielt wild um sich. Wilhelm ruft ihn vergeblich zur Besinnung: »Ich wendete öfters den Lauf weg, wenn er auf mich gerichtet war ... Wie ich eben wieder den Lauf abgewendet, brannte die Flinte los und schlug neben mir in eine Thüre ...« – Ein irritierendes Seelenerlebnis, das die oft beschworene absolute Friedfertigkeit ihrer Beziehungen doch relativiert. Da sind Aufwallungen zu erkennen, schwer entzifferbare Aggressionen. Jacobs Besonnenheit erscheint in einem neuen Licht wie auch Wilhelms spannungsreiche Empfindungen bloßgelegt werden.

Es ist die Ähnlichkeit ihrer Bedürfnisse (keine Lehrtätigkeit, die Konzentration in der Stille) und die feine, doch merkliche Polarität, die sie zusammenwachsen ließ. Jacob hatte als Briefbeschwerer auf seinem Schreibtisch Muschelkalk, Wilhelm einen Bergkristall. Wilhelms einziger Sohn Herman beobachtete beide außer Hause: »Wilhelm ging langsam, Jacob rasch; zusammen sind sie so nie gegangen.«

Daß es nie zur Zerreißprobe kommt, verhindern gewiß der gemeinsame Lebensrhythmus, die gleichgerichteten Arbeitsinteressen, die instinktiv übernommene Elternschaft für die jüngeren Geschwister. Entscheidend bleibt die innige gegenseitige Zuneigung und geradezu einmalig die hohe Produktivität, die aus ihr erwächst. Wilhelm, den nahezu zeitlebens Leiden und Todesvorstellungen quälten, schrieb am 11. August 1811 dem Jacob einen Abschiedsbrief: »Ach, liebster Jacob, wie wird dies seyn, wenn du allein arbeitest, laß doch meinen grünen Tisch mit den Sachen darauf nicht gleich wegnehmen, auch den Seßel laß davor stehen. Es muß dir ja weh thun, wenn das Fenster nun soll aufgethan werden und von fremden gebraucht, durch das ich mit so vielen schweren und heiteren Gedanken den Himmel angesehen.«

Wilhelm Grimm lebte noch 48 Jahre lang. Am 16. Dezember 1859 starb er, sein Bruder Jacob nahm ein halbes Jahr später in der Akademie der Wissenschaften zu Berlin öffentlich von ihm Abschied. Er bekannte sich zur brüderlichen Liebe, die sie über ein halbes Jahrhundert in einer Wohn- und Arbeitsgemeinschaft zusammengehalten hatte, doch er deutete auch die innere Dynamik dieses Bundes an. Er legte offen, daß sein Bruder Wilhelm das eigene Leben mit geformt und es als Ebenbürtiger begleitet habe und wies ihm so posthum den Rang zu, den er im Bewußtsein der Zeitgenossen vorher nicht hatte.

VI. Freundschaftsbande

»Vermuthlich werden wir in Cassel einmal recht eingezogen und einsam leben, denn wir werden nicht viele Freunde haben und Bekannte mag ich nicht« – so Jacob 1805 von Paris aus an den in Kassel zurückgebliebenen Wilhelm. Und fast beschwörend fährt er fort: »Wir wollen recht gemeinschaftlich arbeiten und alle andern Verhältnisse abschneiden.«

Spricht aus diesen Zeilen nur die Sehnsucht nach dem vertrauten Arbeits- und Lebenseinklang mit Wilhelm,

Links: Friedrich Carl von Savigny (1809)
Bleistift- und Kreidezeichnung von Ludwig Emil Grimm
Rechts: Clemens Brentano (1837)
Radierung von Ludwig Emil Grimm

oder auch die Sorge, der Bruder knüpfe in seiner um-
gänglichen Art allzuviele Kontakte, die zu gesellschaft-
lich-geschäftigen Umtrieben führen könnten? Ohne
Zweifel ist Wilhelm der Geselligere von beiden. Doch
auch Jacob, der Spröde, Arbeitsbesessene, ist freundschaftlicher Bindungen fähig, nur entspringen sie, stärker als bei Wilhelm, einem sachlichen Engagement.
Seine engsten Beziehungen bahnen sich über die Arbeit
an. Bestes Beispiel dafür ist die sich in der Marburger
Studentenzeit entwickelnde Freundschaft zu Friedrich
Carl von Savigny, dem nur sechs Jahre älteren Juristen
und Begründer der Historischen Schule. Da sprang sofort ein Funke über. »Was kann ich aber von Savignys
Vorlesungen anders sagen«, schreibt Jacob im Rückblick, »als daß sie mich auf's gewaltigste ergriffen und
auf mein ganzes Leben und Studieren entschiedensten

Einfluß erlangten?« Näher trat er dem verehrten Lehrer, als er seine erste Prüfungsarbeit vorlegte: » ... ich hatte die darin aufgestellte Frage vollkommen begriffen und richtig gelöst; welch unbeschreibliche Freude mir das machte und welchen neuen Eifer das meinen Studien gab, wäre zu bemerken unnöthig. Das Überbringen dieser Ausarbeitungen veranlaßte nun öftere Besuche bei Savigny. In seiner damals schon reichen und auserwählten Bibliothek bekam ich dann auch andere nicht juristische Bücher zu sehen ...«

So begann Jacobs »altdeutsche Karriere«, denn hier stieß er auf die Bodmersche Ausgabe der deutschen Minnesänger und andere Ausgrabungen. Es war auch der Anfang einer Freundschaft. Savigny holte ihn kurz darauf als Forschungsassistenten nach Paris, wo er in dessen Haushalt lebte. Zusammen mit der Familie Savigny trat er die wochenlange Rückreise an, die mit der Taufe des ersten Kindes auf Gut Trages bei Gelnhausen am 10. Oktober 1805 ihren Abschluß und Höhepunkt fand: Jacob war sozusagen in die Familie eingegliedert.

Eine Woche später läßt er in einem Brief aus Kassel an seinen Lehrer erkennen, wie sehr es ihm um diese Freundschaft zu tun ist: »Gestern Abend bin ich hierher gekommen und habe mich in der Liebe meiner Mutter und Geschwister, deren ich so lange entbehrt, recht gefreut und doch hat mir die Trennung von Ihnen so leid getan, daß ich mir unter allen diesen manchmal recht fremd und ungewohnt vorkomme.« Der Brief endet: »Ich werde Sie immerfort lieb haben.« Weiterknüpfend, ein Nachsatz: »Wilhelm grüßt tausendmal, halb unbekannt.«

Hier wird – nach erstaunlich rückhaltlosen Sympathiebezeugungen – Wilhelm geschickt ins Spiel gebracht. Der hatte sich Savigny offenbar noch nicht so eingeprägt, obwohl er ebenfalls in den Vorlesungen über Staats- und Privatrecht saß. So paradox es klingt: ausgerechnet durch Savigny kommen beide von der juristischen Laufbahn ab und finden zur Sprach- und Altertumsforschung.

Und Savigny ist es auch, der sie mit den Feuerköpfen der Frühromantik zusammenbringt. Familienbeziehungen begünstigten das: Seine junge Frau Gunda ist eine geborene Brentano, Schwester von Clemens und Bettine, und die wiederum heiratet später Achim von Arnim. So sehr Jacob auch gesellschaftliche Honneurs verabscheut, kennt er doch die Wichtigkeit solcher Verbindungen und trennt alsbald die Spreu vom Weizen. Für die beiden streng und bescheiden erzogenen Brüder aus der hessischen Provinz tut sich da eine neue sprühlebendige Welt auf, in die sie sich mit dem ihnen eigenen Selbstbewußtsein hineinfinden. Dabei verstehen sie es, in ihren Beziehungen wo immer möglich das Schöne und Aufregende mit dem Nützlichen für sich und ihre Familie zu verbinden.

Diese Mischung von nützlicher und zugleich hingebungsvoller Freundschaft prägt auch ihr Verhältnis zu den nur um wenige Jahre älteren Achim von Arnim und Clemens Brentano. Brentano, »klein, gewandt und südlichen Ausdrucks, mit wunderbar schönen, fast geisterhaften Augen« (Eichendorff), hatten die Brüder als ersten kennengelernt. Im Herbst 1807 besucht er sie in Kassel und schreibt von dort begeistert seinem Freund Achim von Arnim:

»Es ist äußerst nothwendig, daß Du mit mir zusammen

und zwar hierher kömmst … Denn ich habe hier zwei sehr liebe, liebe altteutsche vertraute Freunde, Grimm genannt, welche ich früher für die alte Poesie interessirt hatte, und die ich nun nach zwei Jahre langem fleißigen, sehr konsequenten Studium so gelehrt und reich an Notizen, Erfahrungen und den vielseitigsten Ansichten der ganzen romantischen Poesie wiedergefunden habe, daß ich bei ihrer Bescheidenheit über den Schatz, den sie besitzen, erschrocken bin. Sie wissen bei weitem mehr als Tieck von allen den Sachen, und ihre Frömmigkeit ist rührend, mit welcher sie sich alle die gedruckten alten Gedichte, die sie aus Armuth nicht kaufen konnten, so auch das Heldenbuch und viele Manuscripte äußerst zierlich abgeschrieben haben.«

Nun rückt auch Ferdinand ins Blickfeld. Brentano fährt fort: »Ihr jüngerer Bruder, der sehr schön schreibt, wird uns die Lieder abschreiben. Sie selbst werden uns alles, was sie besitzen, noch mittheilen, und das ist viel!«

Das hört sich ebenfalls nach Zweckfreundschaft, fast nach Ausbeutung der Grimmschen Quellen an, ist aber durchaus auch für Jacob und Wilhelm ein ertragreiches Unterfangen. Die Grimms steuern Material zum zweiten und dritten Band von »Des Knaben Wunderhorn« bei und erhalten im Gegenzug viele Anregungen – nicht zuletzt für die Sammlung von Märchen. Und vor allem: Sie lernen durch Brentano den Dichter und märkischen Edelmann Achim von Arnim kennen, dem sich besonders Wilhelm seelenverwandt fühlt. Eine lebenslange Freundschaft entwickelt sich daraus; nach Achims Tod ediert Wilhelm auf Bettines Wunsch Arnims »Sämtliche Werke« (12 Bde., 1839–54).

Links: Achim von Arnim (1797)
Ölbild von Franz Anton Zeller
Rechts: Bettine von Arnim-Brentano (1809)
Medaillon. Miniatur von unbekanntem Künstler

Im Verhältnis zu Clemens, dem witzsprühenden Ego-
zentriker, bleiben Spannungen nicht aus. Seine blitzen-
den Einfälle, seine sprunghafte Spontaneität befruchten
und behindern zugleich die Zusammenarbeit. Achim,
»der ruhige mild-ernste«, liegt den zurückhaltenden
Grimms mehr, dennoch entwickelt sich zwischen jenem »seltsamen Ehepaar« (Eichendorff) und den
Grimm-Brüdern ein enges Gefühl der Zusammengehö-
rigkeit. Ferdinand wird mit Schreibarbeiten, Ludwig
mit zeichnerischen Aufträgen gefördert. Als sich
Achim von Arnim im Spätherbst 1808 im Grimmschen
Haushalt in Kassel erholt – kurz hinter Gießen waren
ihm die Pferde durchgegangen, er hatte sich beim Ab-
sprung von der Kutsche bös das Knie verletzt –, werden
die Freundschaftsbande enger geknüpft. Vier Jahre
später erneuter Besuch in Kassel, diesmal mit Bettine

zusammen; Wilhelm ist von dieser Freundschaft überwältigt: »Die acht Tage, wo der Arnim dagewesen und die Bettina, waren wie ein heller Himmel in den Gedanken. Ich habe beide von ganzem Herzen lieb, wie ich es nicht sagen kann« (er sagt es aber wenig später an prominenter Stelle, in der Widmung der »Kinder- und Hausmärchen«).

Clemens Brentano, nach Sophie Mereaus Tod in zweiter Ehe mit Auguste Bußmann verheiratet, flieht alsbald dieses »stürmische, unbiegsame«, ja, beschädigte Mädchen. Die Wohnung der Grimms wird ihm zur Zufluchtsstätte vor dem häuslichen Streit, und Wilhelm weiß Tante Zimmer Grauenvolles über die Ehe der beiden – »so gut wie geschieden« – zu berichten: »Es ist eins der abscheulichsten Weiber, die sich mehrmals mit dem Messer und Schere gestochen, dann sich zweimal hat vergiften wollen. Zum letztenmale in München, wo sie die ganze Stadt alarmirt hat und die Armensünderglocke für sich läuten lassen.«

Im August 1809 taucht Clemens, der ehelichen Fesseln ledig, in Halle auf, wo Wilhelm gerade seine Kur abschließt; er strebt nach Berlin, um Arnim zu besuchen, und Wilhelm begleitet ihn kurzerhand. In der preußischen Hauptstadt wird dieser beinahe zum Bohemien.

Die drei hausen zwischen Kisten und Kasten und Bücherbergen, und Wilhelm berichtet über das häusliche Chaos, das bei Arnim am schlimmsten war: »Die Commode war mit Röcken, Wäsche, Büchern pyramidenförmig aufgehäuft, alle Schubladen waren herausgezogen, in den Ecken waren Gewehre aller Art aufgepflanzt, die zwei vorhandenen Stühle waren besetzt mit

Büchern, Briefschaften, Hausgeräth, z. B. Gläsern, Messern, wozwischen rothe Tücher als Friedensfahnen heraushingen und Ruhe unter dem verschiedenen Zeug hielten. Der einzige Tisch war auf dieselbe Art versorgt, Arnim sitzt nie und schreibt an einem Pult, auf einem Brett, auf dem nichts liegen konnte, aber hier schreibt er mitten in dieser Unordnung die herrlichsten und göttlichsten Dinge.«

Wilhelm fühlt sich im Berliner Milieu ausgesprochen wohl. In seinen Briefen versucht er Jacob vom Sinn dieser sich hinziehenden Litera-Tour zu überzeugen. Nicht ohne Ironie beschreibt er das »Visitelaufen«, das Anknüpfen mannigfacher literarischer und persönlicher Beziehungen.

Jacob steht einer solchen Lebensart fremd gegenüber. Aufschlußreich seine Briefnotiz an Arnim vom 27. Oktober 1810, als dieser sich wegen einer Rezension des Freundes sehr betroffen zeigte: »Ich bin gewiß nicht härter, als der Wilhelm, aber doch viel stiller, ich schäme mich ordentlich, wenn ich laut lachen soll, ich rechne das der Lebensart zu, wonach ich nie unter Menschen gekommen bin.« Auch fachliche Differenzen – Jacobs Trennung in Natur- und Kunstpoesie, Arnims poetische Aufhebung solch scheinbarer Gegensätze – machen das Verhältnis zueinander nicht einfacher, aber Arnim denkt dialektisch vornehm: »Umso erquicklicher ist es mir, daß diese Verschiedenheiten, statt uns zu trennen, auf eine gründlichere Art, als Ansichten überhaupt vermögen, uns verbinden« (2. 11. 1810 an Jacob). Bezeichnenderweise schreibt Jacob sechs Wochen später an Clemens: »Ich denke oft daran, wie wir wohl geworden wären, ohne die Bekanntschaft mit Savigny und ihnen; sicher viel anders«. Fast ist man versucht, an die Querverbindungen der »Wahlverwandtschaften« zu denken.

Die tiefste Freundschaft zeigt sich freilich zwischen Arnim und Wilhelm. Der verdankt dem Freund denn auch ein Empfehlungsschreiben an den Geheimrat Goethe. Alle Einzelheiten der Begegnung in Weimar werden Jacob mitgeteilt. Anders als Wilhelm hat der ältere Bruder nie eine Verbindung zu Goethe gesucht. Fast wäre es zwar zu einem Vierertreffen mit Goethe in Frankfurt im September 1815 gekommen, doch Jacob – gerade vom Wiener Kongreß zurück – verzichtete auf die Reise; so kamen nur Wilhelm und Ludwig mit dem verehrten Dichter zusammen, der sich etwas sibyllinisch über das Talent des jüngsten Grimm-Bruders äußerte.

Aber natürlich war man nicht nur nach Frankfurt gereist, um Goethe zu sehen. Savigny hatte Jacob, Wilhelm und Ludwig zu einer Schiffsreise von Mainz nach Köln eingeladen, und Wilhelm war diese Rheinfahrt so wichtig erschienen, daß er sich – seit einem Jahr Bibliothekssekretär in Kassel – vom Kurfürsten vier Wochen Urlaub genehmigen ließ. War es die Erinnerung an die genialisch-romantische Rheinreise der beiden »Herzbrüder« Clemens und Achim im Sommer 1802, die ihn so beflügelte? Aus einem Brief an Ludowine von Haxthausen wissen wir, daß ihn der wunderbare Fluß »so eigen bewegt« hat: »Mir ist auf der Fahrt der Gedanke gekommen, daß ich die Jacht nach Wohlgefallen mir hätte vollladen dürfen. Ich weiß mir keine größere Freude, als so mit 30 bis 40 Menschen, die einem lieber wären, als die übrigen 30 Millionen, die noch in

Deutschland leben, eine solche Fahrt den Rhein hinab zu machen. Musik hätten wir mitgenommen, gesungen selbst nach alter Lust ...«

Wilhelms Neigung zur Geselligkeit kommt darin zum Ausdruck, der Hang zum Überschaubaren. Wer zu den dreißig oder vierzig Auserwählten gehört haben mag? Neben den Geschwistern bestimmt der engste Freund Achim und seine junge Frau Bettine. Natürlich käme auch Clemens mit und Savigny, der Mentor, mit seiner Frau Gunda. Der hochverehrte Jean Paul vielleicht oder die von Haxthausens in Bökendorf und Jenny von Droste-Hülshoff. Auch der nordische Gelehrte Steffens, mit dem er in Halle zusammengetroffen war. Goethe wäre wohl nicht dabei, dazu war der ehrfürchtige Abstand zu groß. Auch Tieck nicht, aber gewiß aus anderen Gründen. Einer aber hätte auf dem Schiff auf keinen Fall fehlen dürfen: Joseph Görres, der an Jahren älteste der Freunde. Mit ihm fühlten sich die Brüder mindestens fünf Jahre schon verbunden.

Die Freundschaft zu Görres war nicht einseitig. Sein Interesse an den beiden Grimms entzündete sich über Schahnameh, Edda und Märchen. »Beide werden mir immer lieber in ihrem Wesen«, schrieb er am 3. Februar 1813 an Arnim, »was sie machen, ist richtig und gut gemacht; es ist alles bester Weizen.« Die Grimms kannten Görres schon aus den Heidelberger Zeiten, als dieser, selbst noch jung und unberühmt, die Jugend in seinen Bann schlug. Achim und Clemens bildeten mit ihm ein Triumvirat. Alle drei und dazu von Ferne beteiligt die Grimms hatten an der »Zeitung für Einsiedler« mitgearbeitet, Görres u. a. mit einer Darstellung der Siegfried-Sage.

Johann Joseph von Görres (1838)
Ölbild von Josef Settegast

Sein Freiheitsgefühl, sein politisches Temperament zogen die Brüder an; Görres' »Rheinischer Merkur«, inmitten der Freiheitsbewegung gegründet, war vor allem für Jacob ein Forum, wo er seinen Unmut über die Entwicklung in Deutschland artikulieren konnte. Er und Wilhelm verfolgten Görres' Polemiken zwar kritisch, aber sie bewunderten ihn auch, weil er sich immer kühner exponierte; ihren so gar nicht revolutionären Naturen lag das weniger.

Als Wilhelm über seinen Besuch bei Görres, im Anschluß an die Rheinreise mit Ludwig, dem Bruder berichtet, steht das Freundschaftliche obenan: »In Coblenz war ich acht Tage bei Görres im Haus, der mit seiner ganzen Familie so herzlich und gemüthlich ist, daß es einem recht wohl wird. Ludwig war nur bis Coblenz mitgegangen und hat auch acht Tage bei ihm zugebracht, sich endlich fast heimlich fort gemacht, weil sie ihn nicht fortlassen wollten.«

Freundschaftliche Bande, freundschaftliche Beanspruchung. Als Achim von Arnim in Wiepersdorf 1816 auf den Tod krank liegt, schildert Bettine den »Gebrüdern« in Kassel erste Anzeichen eines Abklingens der Krise und fährt dann fort:

»Es sind noch keine sechs Stunden, daß die kritischen Bewegungen vorgefallen; da er nun bei dieser ersten Hoffnung äußerte: ›wie schön wärs, wenn ich nun einen lieben Freund wie Wilhelm bei meiner Genesung um mich haben könnte‹, so hab ich Euch dies geschrieben, ob einer oder zwei seine Wünsche erfüllen könnten. Ihr seid alle so gut und so treu und Arnim hat eine so schöne Liebe zu Euch, daß ich mir dies recht als möglich denke, auch seid Ihr die einzigen nach denen er einen Wunsch geäußert – wenn Ihr ihn nun nicht mehr gesehen hättet – wie schrecklich! Lieben Freunde, käme doch einer! wie herrlich wär er dadurch erquickt. Bettine von Arnim.«

Es war Wilhelm, der sich unverzüglich auf den Weg nach Wiepersdorf machte.

VII. Ludwig Emil, das schöne Talent

Sulpiz Boisserée, der Goethe auf Reisen begleitete, notiert unter dem Datum des 5. Septembers 1815, Frankfurt am Main: »Mit Goethe bei Guaita. Der junge Maler Grimm zeigt seine Zeichnungen; Frau von Savigny ist seine Beschützerin, übertriebenes Lob eines schönen Talents. Goethe sagt: ›Jeden Sommer wachsen Rosen, die Talente sind immer da, wenn sie nur entwickelt werden.‹«

Und etwas spitz fügt Boisserée hinzu: »Ich als guter Jesuitenprovinzial würde dem jungen Mann aufgeben, ein Jahr lang keiner Frau seine Zeichnungen zu zeigen.« Diese Bemerkung sagt viel über den klug beobachtenden Boisserée, dem die ganze Richtung der Grimms mit ihrer »Andacht zum Unbedeutenden« nicht paßte, mehr noch über Ludwig Emil, den seine Umwelt liebevoll Louis nennt. Der Chronist und mit ihm Goethe anerkennen seine künstlerische Begabung, aber in Grenzen. Goethe hüllt das, wie so oft, in eine anschauliche Allegorie. Das Außergewöhnliche will er an Louis – wie übrigens dieser selber – nicht gelten lassen.

Nicht nur Frau von Savigny, auch Arnim und Bettine setzen sich für den jungen Maler ein. 1809 schickt Bettine ihrem väterlichen Freund Goethe ihr Porträt unter Hinweis auf den jungen Kupferstecher. Sie äußert die Hoffnung, daß es ihm gefalle und er es sich an seinem Bett aufhänge. Rund zwei Wochen danach antwortet Goethe: »Dein hinzugefügtes Bildchen ward gleich von jedermann erkannt und gebührend begrüßt. Es ist sehr natürlich und kunstreich dabei, ernst und lieblich. Sage dem Künstler etwas Freundliches darüber und zugleich: er möge ja fortfahren, sich im Radieren nach der Natur zu üben, das Unmittelbare fühlt sich gleich. Daß er seine Kunstmaximen dabei immer im Auge habe, versteht sich von selbst.«

Die Bemühungen der Freunde um Ludwigs »Durchbruch« als Künstler lassen erkennen, daß dieser Bruder Grimm nicht nur Talent zum Malen und Zeichnen hatte, sondern auch – nimmt man einige Krisen aus – Talent zum Leben. Einer, der es sich und der Umwelt nicht schwer macht, dessen Bescheidenheit und Humor überall Sympathie erwecken, und dessen Charme besonders die Frauen anzieht. Das Wort Goethes, das Unmittelbare fühle sich gleich, trifft etwas von seinem Wesen. Ludwig geht es nicht um intellektuelle Verarbeitung: »Ich verlange alles treu nach der Natur, ohne eigenen Zweck, ohne alle Manier«, schreibt er in seinen Erinnerungen.

Ludwig Emil Grimm – Selbstbildnis 1808
Bleistiftzeichnung (BGM Gr. Slg. Hz. 573)

Wichtig sind für ihn die gespeicherten Erlebnisse der Kindheit: wie er die Spechte an den hohlen Bäumen hacken hörte, die Stare ihre Jungen fütterten, die wilden Tauben hin- und herflogen, die Kohl- und Blaumeisen, Goldammern, Zeisige, Grasmücken durcheinander zwitscherten und er das scharfe Geschrei der Häher und den Baß der Kolkraben verfolgte. So sind denn auch die Skizzenbücher gefüllt mit Naturstudien, minuziösen Beobachtungen, ob es sich um einen Hirschkäfer handelt, ein Weindrosselnest oder eine Blüte, die eine Hummel umschwirrt; man glaubt ihm die Geschichte vom gezähmten Hänfling und den vertrauten Umgang mit einem Blutfinken.

Der Bilderreichtum in Jacobs und Wilhelms Sprache wiederholt sich bei Louis in noch direkterer Weise. Er ist ein Augenmensch, und sein Gedächtnis für Gesehenes ist außergewöhnlich. In dieses Bild paßt, daß er die Kleinstadtenge mit den »volksnahen« nachbarschaftlichen Beziehungen und schlichten Freundschaften niemals als bedrückend empfunden hat. Steinau, das Hessische ist seine Welt. Mehr noch und unmittelbarer als bei den Geschwistern ist bei ihm die Heimatliebe ausgeprägt, und Heimweh überkommt ihn, wenn er nichts Vertrautes um sich hat.

Aus dieser Menschen und Dingen zugewandten Art heraus entstehen auch seine humorvollen Bildergeschichten, und niemand nimmt ihm entlarvende Karikaturen übel. Hinter den treffsicheren Skizzen steckt nicht Bosheit, sondern Till Eulenspiegelscher Schalk. Wieder ein Zug, der die Lebensbewältigung erleichtert. Bei seinen Freunden und Gönnern – den Brentanos, den Görres – ist er stets wohlgelitten.

Die Grimm-Geschwister und ihre Freunde beim Pochspiel
Federzeichnung von Ludwig Emil Grimm

Vergleicht man die Lebensdaten, die positiven und negativen Konstanten und Einflüsse aller Grimm-Brüder, so ergibt sich bei Ludwig alles in allem die günstigste Konstellation. 1790 geboren, ist er mit einigem Abstand zu Ferdinand der jüngste der fünf Brüder und wird nicht mehr so in die Pflicht genommen wie die älteren. Er kann sich unkontrollierter, auch unbekümmerter entfalten, denn er steht in jungen Jahren nicht unter einem ständigen Leistungsdruck, wie das bei Jacob und auch bei Wilhelm der Fall ist. So macht sich der Malerbruder kaum Geldsorgen, denn irgendwoher, von der Familie oder vom weiten Freundeskreis, wird er immer mit dem Nötigsten versorgt, bis er endlich auf eigenen Füßen steht.

Ihn stützt die schon früh erkennbare und geförderte Begabung zum Malen und Zeichnen. Die beiden ältesten Brüder sehen in ihm keine Konkurrenz, sie erhoffen sich eher eine nützliche Ergänzung ihrer Arbeit,

Der von Ludwig Emil gestaltete Innentitel
zu Wilhelms erster Buchpublikation,
eine Rahmenzeichnung im Stil der deutschen Renaissance.
Den »Altdänischen Heldenliedern, Balladen und Märchen«
(1811) war ebensowenig Erfolg beschieden
wie den bei Reimer erschienenen Ausgaben
der »Edda« und des »Armen Heinrich« (beide 1815).
So schreibt Wilhelm 1819 an Reimer:
»Ich habe bis jetzt für die sämtlichen Unkosten
der Herausgabe noch nicht die geringste Vergütung.«

wenn er etwa ihre Märchen illustriert, Bilder hessischer Trachten beisteuert oder gemeinsame Bekannte porträtiert. Trotzdem drängen sie darauf, daß er seine Ausbildung in der Fremde systematischer vorantreibt, und Arnim und Brentano nehmen sich seiner nach dem Tod der Mutter an. Ein Brief Arnims an seine Braut Bettine aus dieser Zeit läßt durchblicken, daß Jacob und Wilhelm nicht ganz unschuldig an der mangelnden Entfaltung des jungen Malertalents sind. Erst spricht der scharfe Beobachter Arnim von den Studenten in Heidelberg, dann ist die Rede von Louis: »... Die Studenten sind ein eignes bequemes Völkchen, man fühlt ihnen gleich an, daß es ihnen lästig ist, mit jemand umzugehen, der hie oder da um einen Strich tiefer in das gelehrte Wasser eingetaucht ist. – Grimm ist ein guter einfacher Mensch, aber so sehr jung und unentwickelt geistig, daß er zuweilen das Simple berührt; nun habe ich eine Art Ehrfurcht vor solchen Characteren, weil eine räthselhafte Möglichkeit in ihnen zu schlafen scheint, und ich mag so einen nicht gewaltsam wecken. Lieb wäre es mir, wenn ich fände, daß Kunstwerke ihn lebendiger berührten, aber die Brüder haben ihn so an das Nachahmen gewöhnt, daß er das Eigene kaum zu schätzen weiß, wo es schön ist.«

Kein Wunder, daß Ludwig diese Heidelberger Zeit als eine Art Gefängnis empfindet, wie er später schreibt. Seine Selbstfindung ist kein einfacher Akt, zumal er spürt, wie von verschiedenen Seiten nach den zurückliegenden glücklichen Kinder- und Jugendjahren immer mehr Ansprüche und Erwartungen an ihn herangetragen werden. So ist er froh, nach einem Aufenthalt in Landshut bei Savigny – der an der dortigen Universität eine Professur wahrnimmt – endlich in München beruflich und menschlich Fuß zu fassen. Durch seinen Lehrer an der Akademie, Professor Heß, gewinnt er Standpunkte und Perspektiven.

Seine lebenslustigen Äußerungen von der Isar lassen erkennen, wie gelassen von nun an Ludwig die weitere Gängelung durch die Brüder ertrug. Jacobs Budgetplan sah, was die jährlichen Münchner Kosten betraf, folgendes vor:

»Brentano meint, daß nach einem Überschlag, den er von jungen Malern erhalten, man sehr wohlfeil in München leben könnte:

Stübchen mit monatlich frischem
Bett à 4 fl. jährlich .... 48 fl.
Mittagstisch mit andern Malern
reichlich à 13 Kreuzer .... 72 fl.
Milch und Semmeln, Frühstück
3 Kreuzer .... 18 fl.
Bier und Brot zu Abend
3 Kreuzer .... 18 fl.
Hemd, Halstuch, Schnupftuch,
Strümpfe wöchentl. 5 Kreuzer .... 4 fl.

160 fl.

So reise also in Gottes Namen, bleibe gesund und brav und behalte uns lieb« (November 1808, wahrscheinlich nach Landshut adressiert).

In der fruchtbaren Münchner Studienzeit verblaßten auch die nicht eben ergiebigen Schuljahre auf dem Fridericianum in Kassel. Wie Jacob und Wilhelm hatte die Tante Zimmer damals auch Ferdinand und Ludwig in

ihre Obhut genommen. Ludwig, dreizehn und noch
sehr verspielt, mußte sich vom Kasseler Pagenhofmeister Stöhr das einbläuen lassen, was er in Steinau nicht
gelernt hatte: »Morgens von halb sechs bis acht zum
Stöhr, dann ins Lyceum bis zwölf, um ein Uhr wieder
ins Lyceum bis vier, und von fünf Uhr bis acht zum
Stöhr! Unserer guten Tante war das immer noch nicht
genug (die gute Mutter war noch in Steinau), und so
habe ich denn so viele Stunden gehabt und so viel lernen
müssen, daß ich am Ende gar nichts konnte!«

Nur Naturgeschichte hatte ihn interessiert. Griechisch,
Latein, Französisch waren ihm zuwider. Dafür waren
seine Exerzizienbücher am Rande mit Zeichnungen angefüllt, die seine Mitschüler bewunderten und belachten; nicht selten aber trugen sie ihm einen Buckel voll
Schläge von Herrn Kollaborator Robert ein. Ludwigs
Wunsch, Maler zu werden, hatten Mutter und Tante
nur ungern nachgegeben – mehr aufgrund der schlechten Schulzeugnisse. Der Hofmaler Böttner hatte ihm
eine Ausbildungsstelle zugesagt, ihm aber zuvor den
Besuch der Kasseler Akademie nahegelegt.

So lernte der Sechzehnjährige in Tages- und Abendkursen Zeichnen, Radieren und Ölmalen. Er fing an, seine
Familie zu porträtieren, zeichnete Kupferstiche Chodewieckis nach und experimentierte mit Farben, die er
aus Blumen kochte. Kaffee und Lacretius wurden zu
Braun, Asche zu Grau, Kreide zu Weiß gebraucht; aus
der Apotheke beschaffte er sich Gummigutti, Grünspan und Zinnober und zum Geburtstag gab es dann einen Nürnberger Muschelfarbenkasten.

Als die Franzosen Hessen-Kassel besetzten, war an einen halbwegs geregelten Unterricht in der Akademie

nicht mehr zu denken. Daß Louis seine Studien schließlich an der Kunstakademie in München fortsetzen
konnte, verdankte er Savigny, der sich – wie auch Clemens und Bettine – an den Kosten seines Aufenthaltes
in der bayerischen Hauptstadt beteiligte. Ludwig ent-
täuschte seine Gönner nicht. Mit 300 Talern im Jahr
war er ja auch nicht ganz so arm dran. Nur seine Unterkunft bei der Hofmalerswitwe Wink, »im Tal Petri«,
mißfällt ihm. Einmal die Aussicht zum Hof auf lauter
dampfende Bierbrauereien, dann Tag und Nacht Lärm,
Biergeruch und dazu die Schrullen der Wirtin:
»Die Frau war erzkatholisch, in meinem Stübchen waren an der Wand zwei kleine Weihkessel, auf meinem
Bett lag ein Kruzifix, und eins hing an der Wand. Mittags bei Tisch dauerte es lang, bis es zum Essen kam; da
wurde erst gebetet, dann die gehörigen Kreuze geschla-
gen, dann kam die Nudelsuppe, dann Leberknödel mit
Sauerkraut und zuletzt Gänsebraten. Ich wurde dann
gehörig examiniert, ob ich auch alle Tage eine Messe
höre, wann ich zuletzt gebeichtet hätte usw. Noch eine
alte Base speiste mit. Es wurde mir doch mit der Zeit bei
den alten Betschwestern unheimlich.«
Er zog aus. Nahm Quartier in einem Hinterhof der
geschäftigen Innenstadt, wo er den ganzen Tag das
Hämmern der Nagelschmiede, Glockenläuten oder das
Gezänk des betrunkenen Hauswirts hörte. Zog wieder
um zu einem alten, grobschlächtigen Bildhauer am
Promenadenplatz, dessen Söhne Joseph, Nepomuk
und Baptist aber seine nächsten Freunde wurden.
Tagsüber arbeitete er in der Akademie, die Abende ver-
brachte er im Haus seines Lieblingsprofessors Heß, wo
er wie ein Sohn gehalten wurde. Man unterhielt sich

über Kunst, betrachtete alte Kupferstiche, sang auch zur Gitarre. Das war ihm gemäßer als die Lesungen aus Goethes »Wahlverwandtschaften« in Savignys Landshuter Haus, bei denen er große Langeweile empfunden und immer mit dem Schlaf hatte kämpfen müssen.

Kurzweiliger waren da schon seine fast täglichen Besuche bei Bettine, die damals in München wohnte. In ihrem Logis an der Rosengasse kochte sie abends an einem alten Kamin Schokolade, bruzzelte etwas in der Pfanne, Ludwig machte indes Skizzen oder spielte mit dem Kätzchen. Gemeinsam besuchten sie Ludwig Tieck, oder der wunderliche Kapellmeister Winter kam und freute sich an der genialischen Natur des jüngsten Grimm.

Mit seinen Malerkollegen unternimmt Ludwig ausgedehnte Wanderungen, wobei sie bis zu 12 Stunden täglich marschieren. Er berichtet höchst lebendig von Maskenbällen, Theaterrempeleien und selbst Schlägereien. Ganz selbstverständlich nimmt er auch Ferdinand auf und führt ihn in seinen Freundeskreis ein; zwei Jahre lang, 1812 bis 13, hat der um achtzehn Monate ältere Bruder bei ihm gewohnt.

Ludwigs Aufzeichnungen zeugen von eigenwilligem, fast naivem Selbstbewußtsein und Humor. Der Rheinreise, zu der Savigny ihn mit eingeladen hatte, kann er nichts Romantisches abgewinnen: die Landschaft kommt ihm »dekorationsartig« vor. Von Goethe prägt sich ihm vor allem der »kleine Ministerbauch« ein. Später auf einer Kunstfahrt nach Italien, auf der er einen der Brentano-Brüder begleitet, läßt er sich weder von Thorwaldsens Monumentalwerken noch vom Glanze der Peterskirche beeindrucken. Er hat – pfiffig – die schmucke Offiziersuniform aus den Freiheitskriegen anbehalten, was ihm viele Türen und Tore öffnet.

Ein Jahr danach kehrt Ludwig in die Kasseler Wohnung und damit in die Obhut der Geschwister zurück. Der nun 27jährige braucht nach den Ausflügen in die Welt offensichtlich wieder den begrenzteren Rahmen hessischer Bürgerlichkeit. Er heiratet standesgemäß, und das bringt ihm neben finanzieller Sicherheit eine feste Einbindung in die Gesellschaftskreise der Residenz. 1832 wird er Professor an der Kasseler Kunstakademie – was Wilhelm und Jacob mit Genugtuung vermerken: drei Professoren in der Familie.

Der Elan der frühen Kindheit und der Wanderjahre ist freilich dahin. Bis zu seinem Tod im Jahre 1863 verläßt Ludwig die Stadt kaum. Eine künstlerische Weiterentwicklung ist in dieser späten Phase nicht festzustellen, der frische Zugriff der frühen Skizzen fehlt nun. Trotzdem behauptet sich Ludwig Emil als »Grimm Tertius«, wie er einmal voller Anerkennung vom Kurfürsten genannt wurde, neben seinen ungleich berühmteren Brüdern. Sein pointensicherer Strich, seine hintergründigen Idyllen prädestinieren ihn für eine Neuentdeckung.

VIII. Im Schatten der großen Brüder

Neben den schier überlebensgroßen älteren »Brüder Grimm« konnte sich Ludwig, in viel bescheidenerem Rahmen zwar, doch selbständig als Künstler behaupten. Aber wer kennt schon Carl und Ferdinand Grimm, wer die Lotte?

Die mittleren Brüder tauchen höchstens ab und zu in den Briefwechseln der beiden Ältesten auf und auch da zumeist nur im Zusammenhang mit finanziellen und beruflichen Unterstützungsaktionen. Sie führen ein Leben im Schatten der Großen und sind sich dessen zweifellos bewußt. Hätte ihre Begabung für eine eigene Karriere ausgereicht, wenn ihre Leistungen nicht zwangsläufig an denen der Brüder gemessen worden wären? Was hätte aus Carl, was aus Ferdinand werden können in einer Familie mit durchschnittlich begabten Geschwistern?

Für Carl, 1787, also zwei Jahre nach Jacob und ein Jahr nach Wilhelm geboren, wurden die Weichen schon in Steinau gestellt. Der durchaus begabte Schüler besuchte nicht wie die übrigen Brüder das Gymnasium in Kassel, sondern begann eine kaufmännische Lehre in Hanau. Möglich, daß ihm die rechte Lust zum Lernen fehlte oder das Sitzfleisch, möglich auch, daß ihm das Kaufmännische vorerst mehr lag. Naheliegend für den Abbruch der Schule auch ein praktischer Grund: Der Tante Zimmer in Kassel, die schon Jacobs und Wilhelms Ausbildung finanzierte, konnte das Kost- und Schulgeld für den dritten Grimmbruder nicht mehr zugemutet werden.

Ferdinand, auch Ludwig wechselten später doch zum Fridericianum über. Ferdinand besuchte nur die beiden untersten Klassen und ging dann mit mäßigen Zensuren, die ihm mangelhaften Fleiß bescheinigten, ab – um sich künftig vom Schreiben zu nähren, wie in seinem Zeugnis vermerkt wird. Dabei hat ihm Zeit seines Lebens das Schreiben nicht sehr viel eingebracht.

Auch Carls Lebensweg verlief nicht so, wie ihn die Fa-

milie sich erhofft hatte. Von klein auf war er eigenbrötlerisch und in sich gekehrt, die Mutter nahm den etwas
schwerfälligen Jungen darum mehr unter ihre Fittiche
als die übrigen Kinder. Eine Anstellung im Bankhaus
des Carl Jordis zu Kassel, des Hofbankiers König Jé-
rômes, hat er den Beziehungen seiner älteren Brüder zu
verdanken. Um so enttäuschender für sie, daß aus der
gutgeplanten Bankerkarriere nichts wird. Wir entneh-
men das einem Brief Jacobs an Wilhelm vom 11. November 1809: »Übrigens geht nun der Carl bestimmt
von Jordis weg, nach dem, was vorgefallen war, und
gewiß nicht ohne des Carls meiste Schuld, muß ich es
fast billigen, sonst dauert mich der Carl, weil er
manchmal zu viel zu arbeiten hat und es leider nicht
gern thut.«

Nun liegt Carl den Brüdern auf der Tasche, über ein
Jahr lebt er ohne eine ernsthafte Beschäftigung im Kreis
der Geschwister, und für Jacob und Wilhelm, die sich
so intensiv auf ihre Arbeit eingelassen haben, ist dieses
entschlußlose Vorsichhinleben eine ständige Provoka-
tion. Daß Ferdinand keinem geregelten Beruf nachgeht
und sich zu Hause mal mit dem, mal mit jenem befaßt,
trifft sie schon schwer genug – und nun auch noch Carl.
Trotz der materiellen und moralischen Belastung für
die Hausgemeinschaft kommt es nicht zum Bruch. Jacob und Wilhelm zwingen sich immer wieder zu Nachsicht und Toleranz, dabei spricht gewiß auch das
Schuldgefühl der Bevorzugten mit. Jacob, der sonst
Härtere und Konsequentere, zeigt besondere Lang-
mut. Dies fällt schon Arnim auf, der meint, Jacob wäre
zu sanft, sonst hätte er Ferdinand längst zu einem
Handwerker und Lotte in eine strenge Pension gegeben.

Ferdinand (zweiter von rechts) im Gespräch mit Jacob,
Wilhelm und Lotte – »1818 Wilhelmshöher Thor«
Federzeichnung von Ludwig Emil Grimm

Aber für Jacob hat die Familiengemeinschaft einen so
hohen Stellenwert, daß er immer wieder nach tragbaren
Lösungen für alle sucht. Die Geschwister gewöhnen
sich daran, daß über sie bestimmt wird und sie sich
keine eigenen Gedanken über ihr Fortkommen zu machen brauchen. Selbst Ludwig, der von allen das klarste

Berufsziel hat, läßt sich von den Brüdern den Lebensweg mehr oder weniger vorzeichnen. Jacob und Wilhelm verweben die Fäden zu einem soliden Netz, das alle trägt, aber auch gefangenhält. Ein Netz, das die Geschwister in diesem doppelten Sinne zeitlebens umspannt.

Die Geborgenheit im Patriarchat, die Jacob und Wilhelm den Jüngeren zu bieten haben, wird von diesen wenig gewürdigt. Wilhelm kann seinen Unmut darüber nicht unterdrücken, wenn er 1809 an Jacob schreibt: »An die Brüder denke ich mit Leidwesen. Es ist mir so klar, als irgend etwas, daß Strenge, ja gewissermaßen Gewalt bei Ferdinand Pflicht ist; wenn er etwas hätte, ein Streben, das Achtung verdiente, so müßte ihm Freiheit dazu bleiben, so aber geht er gerade ins Verderben. Ob ein solch Leben noch zehn Jahre fortgeführt ihn nicht zu einem Blödsinnigen machen muß, kann leider keine Frage sein. Am Carl wird sich der innerliche Mangel an Trost immer auf eine solche Art offenbaren, weil er an nichts festhält, greift er fast blind nach allem, wo er Stütze hoffen kann.« Und wie um sich selbst und den anderen Trost zuzusprechen, fährt Wilhelm fort: »Aber Du hast Recht dabei, er ist so rechtschaffen und ehrlich, daß ich ihn auch herzlich liebe.« – Solche gegenseitigen Beteuerungen der Geschwisterliebe finden sich immer wieder, formelhaft, doch keine leeren Floskeln.

Mit einigem Takt und Zurückhaltung geben die Älteren Ratschläge, knüpfen Beziehungen und regeln den Kontakt der Geschwister untereinander. Als Wilhelm von Ludwig zwei gelungene Kupferstiche zugesandt bekommt, zögert er, sie Ferdinand zu zeigen, um diesen nicht zu verletzen oder zurückzusetzen. Einen solch behutsamen Umgang mit den Gefühlen des anderen beantwortet Ferdinand nicht mit der gleichen Sensibilität, und Wilhelm ärgert sich: »Grüß den Carl vielmal von mir und den Ferdinand auch, ist er denn so gleichgültig gegen mich, daß er nicht einmal nach mir fragt und mich grüßen läßt, in der Entfernung kränkt es einen doppelt« (aus Halle, 1. Juli 1809).

Jacob antwortet ihm postwendend, legt ein Blatt von Carl bei und betont, daß er mit Ferdinand jetzt sehr gut stehe. Doch in einem späteren Brief fleht er Wilhelm geradezu an, auf den ziellos dahinlebenden Ferdinand einzuwirken: »Mit dem Ferdinand wird es täglich ängstlicher, nicht an sich, sondern durch die Dauer und den Mangel an Hoffnung, neulich sprach ich mit ihm, er sollte sich doch besinnen, ob er außer Lands nichts anzufangen Lust hätte ... Wenn wir doch auf irgend eine Art in der Welt einige Macht über ihn hätten ... willst Du ihm etwa einmal schreiben, wenn ich je gewünscht, daß wir reich wären, so wäre es, um ihn unabhängig zu wissen, denn es ist in dem Zwang etwas Unrechtes und Rührendes, was ich so gern weg haben möchte.«

Wilhelm schreibt sofort an Ferdinand, ohne jedoch Antwort zu erhalten. Er berät mit Arnim und Brentano, wo man den jüngeren Bruder unterbringen könnte, und schlägt Ferdinands Neigungen entsprechend die Buchhandlung Zimmer in Heidelberg vor, wo die meisten Romantiker verlegt werden. – Keine Reaktion von Ferdinand.

An der Hypothek, die sich Jacob und Wilhelm da neben all ihrer Arbeit aufgeladen haben, hat auch Lotte zu tragen, die den Brüdern – mehr schlecht als recht – den Haushalt führt. Vom schmalen Wirtschaftsgeld muß sie vier kräftige Esser durchfüttern, und vom nicht sehr üppigen Gehalt Jacobs und Wilhelms geht auch noch ein Zuschuß an Ludwig in München ab.

So ist es eine Erleichterung für die Familie, daß wenigstens Carl im Januar 1811, mit 24 Jahren, nach Hamburg aufbricht, um sich auf eigene Faust eine kaufmännische Stellung zu suchen. Die Familie traut ihm jedoch nicht viel Geschäftssinn zu: Tatsächlich ist Carls Hamburger Zeit ein Fehlschlag; er hat kein Glück im Umgang mit Geld und langt drei Jahre darauf mittellos wieder in Kassel an. Jacob hatte ihm die Rückreise bezahlt, damit er sich als Freiwilliger beim hessischen Jägerregiment verpflichten konnte.

Ferdinand glückt auch das nicht. Die Brüder – mitgerissen von der patriotischen Woge – schämen sich seiner. »Ich habe an ihm den Ärger und das Mitleid, das ich in der Bibel mit den törichten Jungfrauen habe, er verschläft die rechte Zeit – und klagt nachher«, schreibt Wilhelm im Oktober 1814 an Arnim, entschlossen, Ferdinand nun endlich sich selbst zu überlassen.

Wilhelms Härte ist verständlich, da Ferdinand auch nach einer – von den Brüdern in den Briefwechseln immer nur angedeuteten – Familienkatastrophe nicht gewillt ist, sich auf eigene Füße zu stellen, und sich zwei Jahre lang, während er bei Ludwig in München wohnt, von den Brüdern aushalten läßt.

Die meisten Notizen, die Ludwig über jene Zeit mit Ferdinand machte, hat er wohl aus Nachsicht vernichtet. Einiges ist in seinem Lebensbericht erhalten geblieben, darunter die Bemerkung: »Was er gearbeitet hat, weiß ich nicht, er sprach nie mit mir darüber. Er ging gern in Konzerte, Theater. Über die Schauspieler, Sänger und Sängerinnen äußerte er sich immer unzufrieden; über Architektur, Bilder und über fast alles machte er tadelnde Bemerkungen, und gewöhnlich sehr bitter. Mit Leuten, die zehnmal mehr gelernt hatten als er, disputierte er heftig und hielt sie am Ende doch alle für Esel.«

Ludwig bestätigt Ferdinand ein ausgezeichnetes Talent für Musik und Malerei, hält ihn aber für eigensinnig und verschlossen. Weder Carl noch Ferdinand scheinen jemals enge Freunde gehabt zu haben, auch keine tiefgehenden Liebschaften. Nur der Schwester gegenüber schließen sie sich etwas auf.

Carl kommt nach der Entlassung aus dem Militär bei einer Weinfirma in Hamburg unter, für die er Frankreich bereist und in Bordeaux tätig ist. Doch drei Jahre später steht er wieder in Kassel vor der Tür. Sein Geschick als Kaufmann schien in der Tat nicht allzu groß zu sein, so daß Wilhelm an Arnim schreibt: »Er dauert mich, wenn ich denke, daß er doch mancher Vorteile zur Bildung, die wir genossen, hat entbehren müssen, und daß er eigentlich keine rechte Neigung zu seinem Stand hat, sondern klagt, daß er nicht habe Musik erlernen können, die ihm über alles gehe.«

Ein Unzufriedener. Nach einem weiteren mißglückten Startversuch in Hamburg läßt er sich endgültig in Kassel nieder – und nirgendwo anders als im Haushalt des seit einem Jahr verheirateten Wilhelm. Da spätestens werden Familienbande zu Familienfesseln. Wilhelm hatte zuvor Arnim geklagt: »... denn einen so unbeschäftigten, pedantischen, hypochondrischen Menschen immer unruhig um sich herum zu haben und in jedem Gedanken gestört zu werden, ist so ein paar Jahre lang schwer zu ertragen.« Aber er erträgt ihn – zusammen mit Jacob, der so wohl gelitten ist in seinem Hause. Da spielt vieles mit: Familienverantwortung, Mitleid, Erinnerung an die tote Mutter, der Carl so besonders ans Herz gewachsen war.

Carl schlägt sich mit Sprachunterricht durch und hat damit leidlich Erfolg. Jedenfalls kann er sich endlich alleine über Wasser halten. 1828 gibt er eine »Anleitung zur doppelten italienischen Buchhaltung« heraus, eine späte Reminiszenz an seine Kaufmannszeit. Nach der Übersiedlung Jacobs und Wilhelms nach Göttingen bleibt er in Kassel wohnen, zuletzt zur Untermiete bei einer Fuhrmannsfamilie. Bescheiden sind seine Ansprüche, nur mittags ein warmes Mahl im »Hessischen Hof«, sommers und winters trägt er denselben Anzug. Die Kinder machen sich über den Sonderling im hellblauen Camelot-Oberrock, der auch bei schönstem Wetter mit seinem roten Regenschirm spazieren geht, lustig. Obwohl er sehr zurückgezogen lebt, reißt doch der Kontakt zu den Geschwistern, besonders zu dem in Kassel wohnenden Ludwig, der später an seiner Seite begraben wird, nie ab.

Ludwig nach seinem Tod am 4. Juni 1852 an Wilhelm: »Der gute Carl thut mir Leid ... Aber bedauern kann ich ihn nicht, daß er tot ist, wenn ich an sein trübes, miserables, arbeitsvolles und arbeitsloses Leben denke.« Aber dieses miserable Leben, wie Ludwig sich drastisch ausdrückt, hing sicher mehr mit dem schwierigen und verschlossenen Charakter Carls zusammen als mit den Finanzen und Familienverhältnissen.

Auch bei Ferdinand könnte man die Gründe seines Versagens seinem unsteten und unausgeglichenen Wesen zuschreiben. Seine Neigungen gehen in dieselbe Richtung wie die der ältesten Brüder, aber es fehlt ihm

»*Carl Grimm in meiner Stube, den Tag ehe er nach London reisete 1829*«
Federzeichnung von Ludwig Emil Grimm
(HLSt 33 – Privatbesitz)

an Ausdauer. Er liest viel, von Trivialliteratur bis zu Kleist und Goethes »Wahlverwandtschaften«, nimmt Anteil am kulturellen Leben, besucht ohne Scheu den Dichter Jean Paul in Bayreuth. So liegt es nahe, daß die Brüder für Ferdinand nach einer geeigneten Stellung in einem Verlag oder in einer Buchhandlung Ausschau halten, er selber möchte lieber Hofmeister, also Erzieher und Hauslehrer in einer der adeligen Familien werden oder »zum Theater«.

Doch durch Wilhelm und Arnims Vermittlung kommt 1815 eine Anstellung als Korrektor und Korrespondent in Reimers Realschulbuchhandlung in Berlin zustande, wo auch die »Kinder- und Hausmärchen« und »Lieder der alten Edda« verlegt werden. Zwanzig Taler Monatsgehalt, die Tante legt noch Geld zu und sorgt für die Berliner Einrichtung. Jetzt glaubt die Familie, endlich auch Ferdinand auf die richtige Bahn gebracht zu haben. Er lernt interessante Leute kennen, Savigny, Ernst Moritz Arndt, Hoffmann von Fallersleben, Heinrich Heine. 1816 lädt ihn Arnim auf sein Gut nach Wiepersdorf ein, wo er mit Wilhelm zusammentrifft. Die Familienbeziehungen sind besser geworden seit seinem Weggang.

Aber bald gehen neue Hiobsbotschaften aus Berlin ein: Ferdinand kommt mit seinem Salär nicht aus, macht Schulden, pumpt Freunde an und schreibt Bettelbriefe. Die Brüder greifen wieder in die Tasche, das Familienrenommee steht auf dem Spiel. Aber was sie für Ludwig mit Freude getan haben, für Carl mit Gleichmut, tun sie hier nur widerwillig und sparen nicht mit scharfen Ermahnungen.

Zum Verdruß über die Geldverschwendung kommt

noch ein anderer Argwohn: Ferdinand als Schriftsteller. Konkurrenz in der eigenen Familie? Schon 1815 hatte Arnim die Brüder darauf aufmerksam gemacht, von Ferdinand seien ein paar Lieder in einem Schweizer Journal erschienen, und Wilhelm berichtet Jacob nach Wien: »Von Ferdinand steht ein Gedicht über Ernst Wagners Grab in Zschockes Erheiterungen, drittes Bändchen 1814, es ist ganz gewöhnlich; ich fürchte aber, nachdem es gleichsam zum Durchbruch gekommen, es erscheint nun mehr der Art.« – Keine Mitfreude über den Erfolg des Bruders, kein Versuch, ihn nun auch partnerschaftlich in die eigenen Arbeiten einzubeziehen.

Ferdinand war immer nur zu Hilfsarbeiten eingespannt worden, Abschriften von Volksliedtexten, Sammeln von Sagen- und Märchenmaterial. Seine Zuträgerdienste werden mit dankender Erwähnung in der Vorrede zum ersten Band der Deutschen Sagen abgetan. Ferdinand, nicht ohne Ehrgeiz, ist das zu wenig, er sammelt nun Sagen auf eigene Faust und gibt sie unter Pseudonym heraus. Jacob und Wilhelm wußten wohl, wer »Philipp von Steinau« oder »Lothar« war, schwiegen sich aber aus – mit Ferdinand war ihrer Meinung nach kein Staat zu machen trotz seines nicht zu verkennenden Schreibtalents und eines »durchaus persönlichen Stils.« (Heinz Rölleke).

Ferdinands Flucht ins Pseudonym kann Furcht vor Kritik der Brüder und der Öffentlichkeit sein oder trotziger Selbstbehauptungswille. Sicher hingen ihm Ruhm und Überlegenheit der Ältesten wie ein Klotz am Bein. Seine Begabung und vor allem seine Moral reichten nicht aus, um sich selbständig neben Jacob und Wil-

helm zu behaupten. Sich einzuordnen in eine Famili-
en-Arbeitsgemeinschaft unter der strengen Führung
Jacobs, dazu war er zu stolz und auch zu labil. So
wurde die Chance eines – modern gesprochen – kreati-
ven Workshops der vier Brüder Grimm vertan, und
Ferdinand blieb ohne Namen.

IX. Die Frauen im Hause Grimm

Die Grimmsche Familie scheint, wie der Titel des Buches andeutet, nur aus Brüdern zu bestehen. Erst durch
das sechste Kind, die von allen geliebte Lotte, tritt die
Eigenart dieses Männerhaushalts offen zutage.
Der Mann bestimmt die Lebensgeschicke, so ist es in der
Familientradition der reformierten Pfarrhäuser des Großvaters und Urgroßvaters verankert. Die Frauen stehen
den Familienoberhäuptern dienend zur Seite, geliebt, ver-
ehrt, aber nicht als gleichrangige Partnerinnen im prakti-
schen Alltag und im geistigen Umgang.
Was »die natürliche Bestimmung der Frau« sei, wußte
der Hagestolz Jacob, Mutter Dorothea und Tante
Schlemmer vor Augen, ganz genau. Aber war er darin
reaktionärer als seine Zeit? Wahrscheinlich fiel es keinem Zeitgenossen auf, daß die Frauen im Hause
Grimm durchgängig stereotyp charakterisiert werden.
Dem bürgerlichen Kodex entsprechend, sind sie von
feiner Lebensart, edel denkend und handelnd, aufop-
fernd und duldsam. Sie leben für die Familie. Von eigenen Neigungen etwa, gar von Auflehnung gegen die
vorgegebenen Normen, ist nicht die Rede. Dorothea

bringt klaglos in elf Jahren neun Kinder zur Welt, begräbt drei (die Säuglingssterblichkeit liegt allgemein hoch), sie versorgt ihr Haus gewissenhaft und erzieht die Kleinen in Gottesfurcht, nicht nach eigenen Wertvorstellungen. Daß sie erst durch den Tod des Mannes eine gewisse Selbständigkeit erlangt, ist für die Konstellation kennzeichnend.

Tante Schlemmer,
die älteste Schwester des Vaters
Scherenschnitt

Tante Schlemmer, die verwitwete ältere Schwester des Vaters, löst, als die Familie nach Steinau zieht, ganz selbstverständlich ihren eigenen Haushalt in Hanau auf, um im Amtshaus die Erziehung der größeren Kinder mit zu übernehmen. Nach ihrem Tod tritt eine Schwester der Mutter, Tante Zimmer, an ihre Stelle.

Mit einer für heutige Verhältnisse erstaunlichen Selbstlosigkeit werden Opfer an Zeit und Geld gebracht, die die übrige Familie ohne sich zu zieren annimmt.

Dortchen Wild, die Nachbarstochter aus der Sonnenapotheke zu Kassel und spätere Ehefrau Wilhelms, fügt sich in diesen Rahmen wie selbstverständlich ein. Ebenso bündig ist ein Brief Wilhelms an den befreundeten Pfarrer Banz in Großfelden: »Ich melde Ihnen feierlich, daß ich seit kurzem versprochen bin und in diesem Frühjahr heirathen werde. Meine Braut heißt Dorothea wie meine selige Mutter, ihr Familienname aber ist Wild. Sie ist meine älteste und liebste Freundin, ich habe sie schon als Kind gekannt und wir Geschwister, keinen ausgenommen, lieben sie längst wie eine Schwester; wenn jemand zu uns und unserem Wesen paßt, so ist sie es.«

Nur die Jüngste im Familienverband, Lotte, entspricht in ihrer Jugendzeit nicht der Rolle der sich willig Einordnenden. Das treibt fast einer Katastrophe zu, als sie nach dem Tod der Mutter unversehens, mit fünfzehn ein halbes Kind noch, hart in die Pflicht genommen wird. In einem Alter, wo die Freundinnen nichts als Kleidersorgen und Ballbekanntschaften im Kopf haben, hat sie einen ganzen Haushalt am Hals: fünf Brüder, alle ohne geregeltes Einkommen, wenig Geld in der Küchenkasse, keinerlei Erfahrung im Wirtschaften und Planen, und die einzige Magd, die alte Katherine, kündigt den Dienst auf.

Und Jacob, selbst ein Früherwachsener, legt strenge Maßstäbe an. Die genügsame Lebensführung und Emsigkeit seiner Mutter steht ihm vor Augen, er reibt sich am vermeintlich unbekümmerten Schlendrian seiner

Dorothea (Dortchen) Wild, 1815
Bleistiftzeichnung von Ludwig Emil Grimm

Schwester. Schroff schreibt er 1810 an Wilhelm: »Die Lotte und Ferdinand betreffend, habe ich die feste Überzeugung, daß es in unserem Haus nicht gut geht, wie es sollte, als bis sie heraussind. Sie tun nichts Böses, aber auch nichts Gutes, wenigstens nicht gegen uns andere und unterliegen unbeschreiblicher Faulheit.«

Wohnstube der Grimms,
mit Lotte am Sekretär und der Köchin Louise (1822)
Bleistiftzeichnung von Ludwig Emil Grimm
(BGM Gr. Slg. Hz. 476)

Von allen Seiten wird Lotte ermahnt. Die Tante Zimmer tut es in ihrer breiten hessischen Mundart: »Liebe Lotte, du bist Ja kein Kind mehr du bist ja 15 Jahre alt u kanst schon Viel leisten in der Haußhaldung ohne deinen Körber anzugreiffen ... u um alles liebe Lotte sehe mir auf ordnung das es nicht schmutzig bey dir außihet oder unordenglig; Schencke mir dein Zutrauen u Schreibe mir Ja wenn dier waß fehled ich werde dir jmmer Mütterlig beystehen besonderst liebe Lotte sehe

Ja auf das Weißzeig … u dann liebe Lotte werde Ja denckend auf Haußhaldweßen u erfülle den wunsch deiner Lieben Seeligen Mutter, die mir oft gesacht hat, die Lotte will ich zu einer guden Haußhälderen erzieen.« Belehrungen nicht nur von Tante Zimmer, von Jacob, von Wilhelm, selbst Carl gibt ihr in seinen wenigen Briefen gute Ratschläge und empfiehlt ihr, sich doch in allem zu »perfectioniren.« Nur bei Ferdinand und Ludwig ist nichts von einem erhobenen Zeigefinger zu spüren, sie lassen Lotte aus der Ferne unbefangen teilhaben an ihren Erlebnissen, der jüngste Bruder in seiner humorvollen, immer leicht karikierenden Weise, an der Lotte sicher mehr Gefallen findet als an dem moralisierenden Ton ihrer ältesten Brüder.

Jacob urteilt später milder über seine Schwester. Das fällt ihm um so leichter, als sie ihren Eigensinn und gewisse Schludrigkeiten allmählich aufgibt. 1822 heiratet sie den nicht unproblematischen Staatsmann Ludwig Hassenpflug und entspricht als Ehefrau ausgleichend geduldig dann doch wieder dem Grimmschen Frauenbild, diesem bequemen Ideal der häuslich-umsichtigen Frau, das Jacob sich zurechtgelegt hat. In seiner toten Mutter und später in Dortchen Wild sieht er es verkörpert. So ist es kein Wunder, daß er nach der Verheiratung Wilhelms mit Dortchen wie selbstverständlich als Dritter im Bund mit in deren Haushalt zieht. Einträchtig wird diese Wohngemeinschaft bis zum Tode aufrechterhalten.

Mit der selbstbewußten eigenwilligen Bettine von Arnim wäre ein solches Zusammenleben undenkbar; wie Jacob überhaupt Beziehungen zu mehr intellektuellen Frauen, etwa den Schwestern Jenny und Annette von

Droste-Hülshoff oder den Damen von Haxthausen, lieber Wilhelm überläßt. Dessen umgänglich liebenswürdiges Wesen macht auch größeren Eindruck auf die Freundinnen der Familie. Jenny von Droste-Hülshoff, die sich in ihrer Jugend leidenschaftlich in Wilhelm verliebt hatte, empört sich über ihren Bruder August, dem eher eine Verbindung Jennys mit dem prominenteren Jacob vorschwebte: »... wie August denken konnte, er (Jacob) würde bey mir den Wilhelm ausstechen, ist mir unbegreiflich.«

Doch Wilhelm versucht sich den Frauen zu entziehen, sobald er merkt, daß von ihm Besitz ergriffen werden soll. Bezeichnend ein Traum vom 12. Januar 1814, der sich auf Annette von Droste-Hülshoff bezieht: »Von Fräulein Nette hat mirs neulich recht wunderlich und ängstlich geträumt: sie war ganz in dunkle Purpurflamme gekleidet und zog sich einzelne Haare aus und warf sie in die Luft nach mir; sie verwandelten sich in Pfeile und hätten mich leicht blind machen können, wenn's Ernst gewesen wäre.« Die Abwehr Wilhelms beschäftigt die Dichterin noch ein Vierteljahrhundert danach.

Man hat den Eindruck, daß den Grimms, wenn sie überhaupt eine Bindung erwägen, mehr als alle Leidenschaft ein geregelter Hausstand wichtig ist; ruhiges kontinuierliches Arbeiten hat den Vorrang. Wie Wilhelm heiratet auch Ludwig – spät und nach langer Verlobungszeit – ein Mädchen aus dem engeren Bekanntenkreis. Es ist Marie Böttner, die Tochter seines Mentors und Hauswirtes.

»Lautwerden«, »öffentliches Vortreten« tun der »angeborenen Sitte und Würde« der Frau Abbruch: niemand anders als Jacob läßt sich so vernehmen, in einer Buchkritik »Die deutschen Schriftstellerinnen des 19. Jahrhunderts« (1822). Er erschreckt sich »vor der bedeutenden Zahl unglücklicher, gestörter und geschiedener Ehen, welche die vorliegenden Lebensgeschichten deutscher Dichterinnen ergeben: hier spielt kein Zufall. Die Frau, welche einmal aus dem Kreise natürlicher Bestimmung weicht, gerät mit sich selbst in Zwiespalt, sie kann nicht mehr leisten und ertragen, was ihr gebürt. Ein Zeichen tüchtiger Dichter ist unter andern, daß sich ihre Weiber von dem Mit- und Nachdichten neben ihnen fernhalten.«

Das ist starker Tobak, ungenießbar für Arnim und Bettine, für Dorothea und Friedrich Schlegel, für Caroline, August Wilhelm und Schelling, auch für Karoline von Günderode und andere, die nach neuen Lebensformen suchen. Ein uneinsichtiger Befund. Hier rühren wir an die fragwürdige Seite von Jacobs Existenz, seine Partnerlosigkeit. Gewisse Berührungsängste sind bei ihm schon früh auszumachen, als Zwanzigjähriger schreibt er Wilhelm aus Paris: »Das Fleisch an den nackten Weibern ist abscheulich.« Er meint die Rubensgemälde im Palais Luxembourg.

Die überaus spröde Art aller Grimm-Brüder den Frauen gegenüber gab Anlaß zu mancherlei Spekulationen. Ein Intimkenner der Familie, Alexander Wilhelmi, schrieb das Vier-Personen-Stück »Einer muß heiraten«, und seine Komik trifft genau. Die Brüder heißen im Stück Jacob und Wilhelm Zorn, sind Professoren an einer Universität und werden von einer resoluten Tante versorgt, der das ständige Hinter-den-Büchern-Hocken der beiden ein Ärgernis ist, zumal es eine junge Nichte unter die Haube zu bringen gilt. Das Lustspiel beginnt mit einer beherzten Schimpfkanonade der Tante: »I, sapperlot! Soll einem da nicht die Geduld reißen? Ist es nicht eine Sünde und Schande, daß ein Paar tüchtige, kräftige junge Männer, die etwas Rechtes zu leisten im Stande wären, hinter ihren Büchern vertrocknen wie in Rauch gehangene Heringe!« Und zu Jacob gewendet: »Du, Du thätest am besten, Dich in Leder binden und zu Deinen alten Scharteken stellen lassen.« Die Brüder setzen sich erst zur Wehr, als die Tante deutlicher wird: »Heirathen müßt Ihr! Ein Paar tüchtige Frauen müssen in's Haus! die werden Euch schon Mores lehren!« Sie zieht alle Register ihrer Gefühlsklaviatur, argumentiert mit dem letzten Willen des verstorbenen Vaters, droht, die Brüder allein in ihrem Haushalt sitzen zu lassen, lockt mit der schönen und braven Nichte. Schließlich sehen die Brüder ein, daß wenigstens einer von ihnen in den sauren Apfel beißen muß. Aber wer? Das Los fällt auf Jacob, der sich in seiner Ungelenkheit der schönen Louise gar nicht zu nähern weiß. Wilhelm, der welterfahrene, will ihm dies vorexerzieren – mit durchschlagendem Erfolg.

Ein psychologisches Kabinettstückchen, über das die Brüder herzlich gelacht haben mögen. Ob ihnen ihre störrische Zurückhaltung, die sie in der Komödie erlebten, als Triebschwäche und Abwehrhaltung in der Wirklichkeit bewußt war? Denkbar ist bei allen Brüdern eine instinktive, mehr oder minder starke Reaktion auf das Übermaß an Zuwendung und Betreuung durch die Frauen im Grimmschen Haushalt. Drei weibliche Bezugspersonen gab es, erst die Mutter, dann die Tante Schlemmer (Ludwig lebte »in Furcht und in der Flucht vor ihr«), nach deren Tod die Tante Zimmer: ihnen allen fühlen sie sich zu ständigem Dank verpflichtet. »Von hier jetzt wegzugehen ohne die höchste

»Die Lotte nach dem Leben gezeichnet,
ein paar Tage vorher, ehe wir ins Feld zogen« (1814)
Bleistiftzeichnung von Ludwig Emil Grimm
(BGM Gr. Slg. Hz. 591)

Noth, würde sehr undankbar sein gegen unsere alte Tante Zimmer, deren einzige und große Freude wir sind«, schreibt Wilhelm am 14. März 1814 an Clemens Brentano, als ihm und Jacob eine einträgliche Stelle außerhalb Hessens angeboten wird; »sie dankt uns jedesmal, wenn wir sie besuchen ... Oft sagt sie, heute war mir mein Herz schwer, weil ich noch niemand von euch gesehen habe.«

Danken müssen und Dankesschuld nicht abtragen können, eine Schlinge von Anhänglichkeit und Abhängigkeit, aus der sie sich, wie es scheint, zeitlebens nicht befreien. Noch zwanzig Jahre nach dem Tod der Mutter sieht Wilhelm im Traum, wie sie ihm ihre magere sanfte Hand reicht und ihn fragt, warum er denn so lange nicht bei ihr gewesen sei. In den Traum verlagert er Schuldgefühle, die auch bei den anderen Geschwistern dann und wann durchbrechen; dem sensiblen Wilhelm setzen sie am meisten zu.

Wenn zu Beginn dieses Kapitels gesagt wurde, die Grimmsche Familie sei in erster Linie eine Männerfamilie, so ist dies wohl nur die halbe Wahrheit. Die in der Stille wirkenden Frauen, die noch in ihrer Abwesenheit existente Mutter, sind ein wichtiges Ferment des Familienzusammenhalts.

Daß weder Lotte noch die sie ablösende Dorothea (Dortchen) an den wissenschaftlich-literarischen Aktivitäten der Männer teilhaben, ist ein Mangel, der von heute aus gesehen wohl schwerer wiegt als damals.

X. Märchensammeln verbindet

»Die Märchen haben uns bei aller Welt bekannt gemacht«, schrieb Wilhelm am 14. Oktober 1815 an Jacob in Paris, neun Monate nach Erscheinen des zweiten Bandes der Kinder- und Hausmärchen. Die Euphorie ist verblüffend. Gerade nur 900 Exemplare betrug die erste Auflage (1812/15), und sie war noch lange nicht verkauft. Märchen mußten erst als Märchen bekannt werden, und auch sonst gab es Gründe genug, die einem raschen Erfolg im Wege standen: die Kriegswirren, der skeptische Verleger, die spröde Aufmachung, die Arnim schon bei Erscheinen des ersten Buches rügte: … »der Mangel an Kupfern und die umgebende Gelehrsamkeit schließen es jetzt eigentlich vom Kreise der Kinderbücher aus und hindern die allgemeine Verbreitung.« Doch von Savignys und auch Görres' Kindern wissen wir, daß sie die Märchen mit Begeisterung lasen und gar keine Mühe hatten, sich auch in den »Machandelboom« hineinzufinden.

Dabei hatte das Brüderpaar bei der Niederschrift gar nicht so sehr an Kinder gedacht. »Das Behalten der Märchen nimmt ab«, hatten sie herausgefunden, die mündliche Erzähltradition kommt bald zum Erliegen. Die wunderbaren Volksgeschichten, von Generation zu Generation in Spinnstuben, Ställen, Küchen, auf Straße und Marktplatz weitergegeben, wollten sie möglichst unverfälscht für die Nachwelt und die Wissenschaft festhalten. Die von Jacob und Wilhelm 1806 begonnene, von Clemens Brentano angeregte Sammlertätigkeit lag ganz im Geiste der Zeit: zurück zu den ursprünglichen Quellen – dafür bot sich das Märchen geradezu an. Herder, Goethe, Novalis, Tieck hatten sich damit beschäftigt, Musäus hatte 1782 die »Volksmärchen der Deutschen« herausgebracht, Arnim/Brentano »Des Knaben Wunderhorn« (1806), Joseph Görres »Die teutschen Volksbücher« (1807). Aus Frankreich kamen fruchtbare Anregungen, so von Charles Perrault, der schon 1697 die höfische Gesellschaft mit den »Contes de ma mère l'Oye« überrascht hatte.

Die Grimms durchforsteten Archive und Bibliotheken nach alten Liedern, Versen und auch Märchen, sie versuchten, kundige Erzähler ausfindig zu machen. Zwei Sendungen mit Volksliedern schickten sie 1810 an Brentano und stellten ihm auch unbedenklich ihre bis dahin gesammelten Märchen zur Verfügung. Brentanos Plan, Kindermärchen zu veröffentlichen, zerschlug sich zwar, aber die Brüder bekamen ihr Material trotzdem nie zurück. Es wurde erst in unserem Jahrhundert in einem elsässischen Kloster wiederentdeckt. Doch die Grimms hatten mit praktischem Sinn vorher eine Abschrift der Märchen gemacht. So war der Grundstock für die eigene Sammlung gelegt.

1812 hatten sie 86 Titel zusammen. Als Arnim die Brüder in Kassel besuchte, zeigte er sich von dieser Fülle so beeindruckt, daß er beide antrieb, die Märchen möglichst rasch herauszubringen. Er war es auch, der die Verbindung zum Verlagsbuchhändler Reimer in Berlin herstellte. Reimer konnte allerdings kein Honorar versprechen, ein Erfolg dieser Märchensammlung erschien ihm höchst ungewiß. Die Brüder waren mit allem einverstanden, Hauptsache, die Märchen konnten erscheinen.

Weihnachten 1812 war es so weit. Achim von Arnim

erhielt das erste Exemplar, grün gebunden mit goldenem Schnitt. Es war seiner Frau Bettine gewidmet für den kleinen Sohn Johannes Freimund, sie fand es unter dem Weihnachtsbaum. Sechs Jahre hatten die Brüder an der Zusammenstellung gearbeitet. In der Vorrede heißt es: »Alles ist mit wenigen bemerkten Ausnahmen fast nur in Hessen und den Main- und Kinziggegenden in der Grafschaft Hanau, wo wir her sind, nach mündlicher Überlieferung gesammelt ... Wir haben uns bemüht, diese Märchen so rein als möglich war aufzufassen ... Kein Umstand ist hinzugedichtet oder verschönert und abgeändert worden ...«

Was hier als Maxime in schöne Worte gekleidet wurde, ist in Wirklichkeit Anlaß ständiger wenn auch freundschaftlicher Auseinandersetzung zwischen Jacob und Wilhelm. Jacob, der in wissenschaftlichen Kategorien Denkende, ist für eine unbearbeitete Ausgabe, alles sollte in seinen Eigenheiten und Ungereimtheiten belassen werden. Wilhelm, mehr auf Sprachmelodie und Lesbarkeit bedacht, schwebt ein literarisch einheitlich gestaltetes Märchenbuch vor, das sich trotzdem möglichst getreu an die Quellen halten soll.

Der alte Streit zwischen Natur- und Kunstpoesie drückt sich in den unterschiedlichen Auffassungen Jacob Grimms und Brentanos besonders deutlich aus. Jacob lehnt Brentanos an italienischen Vorbildern orientierte Märchendichtung strikt ab, Wilhelm hat für die poetischen Naturen Brentanos und auch Arnims mehr Verständnis. Allerdings nimmt er sich nicht Brentano zum Vorbild, der, wie er fürchtet, seine Märchen »vergrößern und verbrillantieren« würde. Philipp Otto Runges Märchen dagegen haben für ihn einfachen und melodischen Sprachduktus, ihre Wirksamkeit sieht er in einprägsamen Wiederholungen und starker Bildhaftigkeit. Auch Jacob hatte Runges Märchenstil als nachahmenswert hingestellt. So mag Wilhelm, in Runges Fußstapfen, bewußt oder unbewußt, eine Synthese zwischen der Auffassung seines Bruders und seines besten Freundes Achim von Arnim angestrebt haben.

Wie wenig Brentano mit dem Märchenstil der Grimms zurechtkam, wie scharfzüngig er sein konnte, macht ein Brief an Arnim (aus Prag, Anfang 1813) deutlich: »in der Vorrede ist recht schön gesprochen, es sind auch da viele Märchen zusammen, aber das Ganze macht mir weniger Freude, als ich gedacht. Ich finde die Erzählung (aus Treue) äußerst liederlich und versudelt, und in Manchen dadurch sehr langweilich ... dergleichen Treue, wie hier in den Kindermärchen macht sich sehr lumpicht.«

Was Brentano völlig entgeht, ist die neue Buchgattung *Märchen*, die mit dem Grimmschen Buch 1812 geschaffen wird. Die Fiktion »aus dem Munde des Volkes« verdeckt, wie viel da an Gestaltung und Umgestaltung geleistet wird. Den Märchen jedenfalls ist Wilhelms behutsam eingreifende und nachmodellierende Hand gut bekommen. Der traulich-sehnsuchtsvolle Ton, den Generationen von Lesern als Märchenton schlechthin im Ohr haben, ist Wilhelms entscheidender Beitrag. Auch der zweite Teil der Sammlung, der mit 70 Märchen zu Beginn des Jahres 1815 erschien, ist wesentlich Wilhelms Werk, wenn er auch unter dem Markenzeichen »Brüder Grimm« in die Weltliteratur eingegangen ist.

Die etappenweise Veröffentlichung brachte es mit sich,

Die ursprünglich als Titelbild
zur Erstausgabe der Kinder- und Hausmärchen (1812)
vorgesehene Radierung Ludwig Emils
zu »Brüderchen und Schwesterchen«;
weil die Platte inzwischen an den Kunstverleger Artaris
verkauft war, konnte das Bild
– in der hier gezeigten veränderten Fassung –
erst in der 2. Auflage von 1819
als Frontispiz eingesetzt werden

daß im Sommer 1816 »von dem ersten Bande der Märchen fast alles vergriffen und daher vor allem nöthig ist, die zweite Auflage zu besorgen« (Wilhelm an Jacob). Diese dann gleich doppelbändige Ausgabe erschien 1819, und mit 1500 Stück hatte der Verleger Vorrat für lange Zeit; erst 1837 kam die dritte Auflage heraus.

Doch da gab es noch die »Kleine Ausgabe« von 1825, mit sieben gefälligen Kupfern von Ludwig Emil, eine preiswerte Auswahl der fünfzig schönsten Märchen. Wie war es dazu gekommen? Nicht etwa durch den geschäftstüchtigen Verleger, der seine »backlist« aktivieren wollte, sondern durch Wilhelms Intervention. Am 16. August 1823 schrieb er an Reimer: »Zu London ist eine Übersetzung der Kindermärchen erschienen unter dem Titel *German popular stories* ... *with* 12 *plates by George Cruikshank*. Sie hat soviel Beifall gefunden, daß schon jetzt d. h. nach dreiviertel Jahren eine 2. Auflage gedruckt wird. Nun wünsche ich auch eine kleine deutsche Ausgabe zu veranstalten ...« Not lehrt Geschäftssinn. Vier geradezu klassische Erfordernisse für den Erfolg werden von Wilhelm benannt: Erstens, Taschenbuchformat, damit es auch als Taschenbuch und zu Weihnachten verkauft würde. Zweitens, geistreiche und gefällige Kupfer, vielleicht sogar Kopien aus der englischen Ausgabe. Drittens, der wohlfeile Preis, möglichst einen runden Taler. Viertens, kein unnötiges Beiwerk – »alles Gelehrte fiele natürlich weg«.

Erst das englische Beispiel ebnet dem so überaus deutschen Buch den Weg zum Erfolg: von der »Kleinen Ausgabe« wird das Vielfache der Großen, d. h. vollständigen Ausgabe verkauft. Und noch in anderer Hinsicht wird die englische Übersetzung von 1823 für Wilhelm maßgebend: »Das knappe, nette English paßt zum erzählenden Kinderton an sich weit mehr, als das etwas steife Hochdeutsch und wir hatten aus anderen Gründen, die ich jetzt aufgeben oder mäßigen würde, auf den Stil nicht die nötige Sorgfalt gewendet.« Ein Schlüsselsatz, der die lebenslange Bearbeitung der Märchen – bis hin zur »Ausgabe letzter Hand«, 1857 – verständlich werden läßt.

Daß sich die weltweite Bekanntheit dann doch einstellte, daß zu der englischen Übersetzung bald eine niederländische, dänische, französische usw. dazukamen, liegt auch in der Herkunft der beiden Grimm-Brüder begründet und in ihrem Talent, aus der Fülle ihrer Kindheitserlebnisse die rechte Anschaulichkeit, den richtigen Ton zu finden.

Die Jahre in Steinau. Die Verbundenheit mit dem Alltag der kleinen Leute, die phantasieanregende Nähe des Grafenschlosses. Das Amtshaus mit all seinen Nebengelassen, wo nachts der Geist eines ungetreuen Amtmannes umging. Die Katharinenkirche mit den Kratzspuren des Teufels an den Türpfosten. Die tiefen Wälder des Kinzigtals und auf den Hügeln die Silhouetten der alten Schlösser. Vergangenheit überall, Huttens und Grimmelshausens Land. Die verträumte Stille des Biengartens. Spuren davon finden sich in Grimms Märchen wieder.

Ein zweiter Märchenimpuls ist die Sammelleidenschaft, die eigentlich allen Grimm-Geschwistern von klein auf selbstverständlich ist. Vogelfedern und Zinnsoldaten, Mineralien und Familienandenken, nichts, was im Steinauer Amtshaus und später in Kassel nicht aufgehoben und geordnet wurde. Was lag da später näher, als die

Entwurf zu einem Titelblatt der Kinder- und Hausmärchen,
vermutlich als erstes Blatt einer Reihe von Märchenmotiven
angelegt (um 1837)
Radierung von Ludwig Emil Grimm

ganze Familie auch ins Sammeln von Volksmärchen
einzubeziehen. Jede Reise, jede Fahrt in die nähere
Umgebung, Nachbarschaften, Briefe wurden zu Mär-
chenkontakten genutzt. Und wieder ergänzen sich Jacobs registrierende Systematik und Wilhelms liebenswürdiges Gesprächstalent vorzüglich.

Über Lotte ergeben sich Verbindungen zu märchen-
kundigen Freundinnen und deren Familien. Vor allem
die Schwestern Hassenpflug sind eine lohnende Quelle.
Eine Märchenfrau in Marburg, zu der Lotte Kontakt
aufnehmen soll, wird als wenig ergiebig erkannt, aber
die älteren Brüder argwöhnen, das habe mehr an Lottes
ungeschicktem Auftreten gelegen. Dortchen Wild, die
Nachbarstochter und Wilhelms spätere Frau, ist eine
besonders begabte Märchenerzählerin; auch die übrigen Töchter der Wildschen Apothekerfamilie steuern
mündlich Erinnertes bei.

Von Carl ist nicht bekannt, ob er sich an den Suchak-
tionen seiner Geschwister beteiligt hat. Er weist in seiner Vorrede zur »Doppelten italienischen Buchhaltung« jedoch ausdrücklich darauf hin, daß er Sprichwörter und Gallizismen sammle.

Von Ferdinand erhoffen sich die älteren Brüder Unterstützung vor allem im Erschließen mündlicher Quellen. Er soll in der Münchner Umgebung, später in Berlin die den anderen nicht so leicht zugänglichen Geschichten »aus dem Volke« zusammentragen. Daß dies
recht schwierig war, verkennen die beiden. Ihren Un-
willen über die magere Ausbeute empfindet Ferdinand
als ungerecht. Er beschließt, auf eigene Faust Märchen
und Sagen zu sammeln. Die Sagen erscheinen anonym,
die Märchen erst posthum: »Burg- und Bergmärchen«
(Wolfenbüttel 1846) – und sie sind wirklich mehr von
»einfachen Leuten« erzählt.

Das Sammelfieber griff von der Familie auf den engeren
und weiteren Freundeskreis über. Bald gingen Fäden
von Kassel aus ins Münsterländische, zur Familie von
Haxthausen auf Gut Bökendorf, zu deren Bekannten

auch die Schwestern Jenny und Annette von Droste-Hülshoff gehören.

Wie geschickt und zugleich herzlich Wilhelm diese Beziehung weiter ausbaut, beweist ein Brief vom 14. Mai 1814 an Jenny: »Erlauben Sie, gnädiges Fräulein, daß ich Ihnen ein paar Bilder von meinem jüngeren Bruder schicke. Es ist mir, als hätte ich es Ihnen versprochen, wo nicht, so nehmen Sie sie doch gütig an und sehen darin den guten Willen, der gerne etwas thun mögte, was Ihnen angenehm wäre ... Diese Bilder sollen aber zugleich um etwas bitten oder eine alte Bitte wiederholen. August Haxthausen hat mir geschrieben, daß Sie manches Märchen wieder gefunden und aufgezeichnet hätten ... Nun bitte ich Sie, mir jetzt schon diesen Zuwachs für den neuen Band zu schenken.«

Dieser Bitte kommt Jenny gern nach. Nicht weniger eindrucksvoll wirbt Wilhelm bei dem Sagensammler Gustav Schwab in Tübingen um Verständnis für das Märchenunternehmen. Er bittet ihn in einem Brief vom Mai 1816 um Mithilfe beim Sammeln und auch um eine Rezension des Märchenbandes. – Werbung im 19. Jahrhundert. Die Grimms haben durchaus Sinn für wirkungsvolle Plazierungen.

Auch die alten Bekannten aus der Steinauer Zeit werden mobilisiert, einer von ihnen, Paul Wigand, hat es inzwischen zum Friedensrichter in Höxter gebracht. Von ihm erhoffen sich die Brüder besonders interessantes Material. Jacob gibt ihm genaue Sammleranweisungen: »Gieb mir doch auf die Sitten und Gebräuche Deiner Gerichtsuntergebenen Acht, besonders examinir alle Spitzbuben über Diebs- und Räuberlieder über abergläubische Dinge, Sprüche u.s.w genau und vollständig

Frau Ewig, Kinderfrau im Hause Grimm,
erzählt Märchen (1829)
Bleistiftzeichnung von Ludwig Emil Grimm

aus und gewöhne Deinen Secretär ihre Aussagen wört-
lich niederzuschreiben, nicht erst ihrer natürlichen
Anmuth durch seine Stilisirung zu berauben ... Fi-
scher, Köhler und alte Weiber such vorzugsweise als
Zeugen zu admittiren, weil sie mehr zu erzählen wissen
als andere.«
Es ist also durchaus nicht so, daß sich die Brüder »zu-

meist geschickte und gebildete Erzähler aus dem gutsituierten Bürgertum« (Rölleke) heranziehen *wollten*. Ihnen ging es im Grunde mehr um unverbildete ältere Leute aus ländlichen Gegenden, wo es noch eine Ofenbank gibt und »der Ätti« oder »Grootmoder« Selbstvernommenes zu erzählen weiß. Es war, mißt man es an diesem Wunschtraum, Wilhelm und Jacobs Pech, daß sie mehr an junge Damen der gehobenen Gesellschaft gerieten, die nur weitergeben konnten, was sie von Ammen und Dienstboten wußten. Erzählweise und Blickrichtung blieben dadurch standesgebunden. Aber es gab auch Glücksfälle: die Kinderfrau im Wildschen Hause etwa, die alte Marie, oder der ausgemusterte Dragonerwachtmeister Krause, der Soldatenmärchen aus dem Feld erzählt und sich dafür abgelegte Kleider einhandelt.

Die wichtigste Gewährsperson ist Dorothea Viehmann, die Frau eines Dorfschneiders aus dem hessischen Niederzwehren mit hugenottischen Vorfahren. Von ihr heißt es in Wilhelms Vorrede zum zweiten Band: »Sie bewahrt diese alten Sagen fest in dem Gedächtnis ... dabei erzählt sie bedächtig, sicher und ungemein lebendig mit eigenem Wohlgefallen daran, erst ganz frei, dann, wenn man will, noch einmal langsam, so daß man ihr mit einiger Übung nachschreiben kann.« Die Viehmännin steigt fast jede Woche einmal mit ihrer Marktkötze zur Kasseler Wohnung der Grimms in der Beletage des »Märchenhauses« an der Marktgasse hinauf, um bei einer Tasse Kaffee eins oder zwei ihrer Märchen zu erzählen, die Brüder schreiben gleich mit. Über dreißig Märchen werden es, und nirgends taucht eine Hexe auf, während bei Wachtmeister

Krauses Texten, wie Heinz Rölleke feststellt, Frauen keine oder eine ausgesprochen bösartige Rolle spielen. Da schwingen doch mehr subjektive Einflüsse mit, als es Jacob lieb sein kann. Auch der Traum vom urhessischen Überlieferungsgut erfüllt sich nicht ganz, dafür steckt zu viel Perrault in den Erzählungen der Viehmännin, und auch bei den Hassenpflugs lassen sich hugenottische Quellen nachweisen.

Die Zwehrener Märchenfrau mit dem ausdrucksstarken Gesicht hat Ludwig, der Malerbruder, im Bild festgehalten. Die Radierung schmückt als Titelblatt die zweite Ausgabe der Märchen, sie schmückt auch die von ihm illustrierte »Kleine Ausgabe« von 1825.

Wirklichkeit und Fiktion spiegeln sich darin. »Die Viehmännin« ist eine Chiffre der Grimmschen Märchen; Otto Ubbelohde, der aus Hessen stammende Jugendstilzeichner, hat ihr Bild verwendet, und auch der kosmopolitische Maurice Sendak. Wie viele, steht auch er im Bann der Grimmschen Märchensammlung. Kein deutsches Buch, das berühmter wäre – und mit 900 Exemplaren hatte es angefangen.

XI. Das Einheimische, das Vaterländische

»Die Weisheit in der Bewährung von Jahrhunderten wird dem, der viel und innig das Volk berührt, als ein offenes Buch in die Hand gegeben.« So Achim von Arnim. Als Ziel der Sammlung »Des Knaben Wunderhorn« nennt er, das zerstreute Volk » singend zu einer neuen Zeit unter seiner Fahne« zu sammeln.

So steht es im Anhang der Erstausgabe von 1806. Arnim hatte schon damals die Zersplitterung und äußere Bedrohung Deutschlands vor Augen. Seine Botschaft fiel auf so fruchtbaren Boden, daß die Liedersammlung sich zu einer dreibändigen ausweiten konnte. Und sie hat die Gemüter mächtig bewegt: mit einem Mal begann alle Welt mit dem Sammeln und Verkünden der alten »Lieder, Sagen, Sprüche, Geschichten und Prophezeiungen«.

Arnim und Brentano sammelten die gleichgesinnten Freunde und fortschrittlichen Geister unter die Fahne der »Trösteinsamkeit«, nach Arnims Willen eine Fortsetzung des Wunderhorns in anderer Form. Hier nun, in der wichtigsten Zeitschrift der Heidelberger Romantik, machten auch Jacob und Wilhelm Grimm mit, und die Kupfer entwarf Ludwig. Später hat Jacob für alle fünf Brüder gesagt, daß es mit dem wahren deutschen Sinn und der rechten Vaterlandsliebe insgeheim so beschaffen sei, daß sie von selbst und verborgen in der Brust wachse; dort sei sie aber auch an der rechten Stelle, selbst wenn sie im ganzen Leben nicht zur Sprache käme.

Nur waren die Grimms viel zu sehr vom Gedanken des Vaterländischen beseelt, als daß sie damit hinter dem Berg hielten. Die Herrschaft Napoleons über Deutschland, die Niederlage der Großen Armee vor Moskau, die Freiheitskriege, der Sturz des napoleonischen Kaisertums – bewegte Zeiten spielten in ihr Leben hinein. Insbesondere 1813/14, als alle Familienmitglieder in die patriotische Erhebung einbezogen wurden.

Wilhelm, der kränkelte, eilte zwar nicht zu den Fahnen, aber er gab den gesamten Erlös aus dem »Armen

Wilhelm am Schreibtisch,
vor sich einen Bergkristall als Briefbeschwerer (1822).
Bleistiftzeichnung von Ludwig Emil Grimm

Heinrich« (194 Taler) für die Ausrüstung der Freiwilligen hin.

Jacob wurde am 23. Dezember 1813 zum Legationssekretär ernannt und erhielt den Auftrag, den hessischen Gesandten Graf Keller ins Hauptquartier der verbündeten Heere zu begleiten. Das erfüllte ihn mit Genugtuung. »Ich stand doch noch gut angeschrieben«, notiert er in seiner Autobiographie. Und man kann ablesen, wie es ihn bedrückt haben muß, als Verwalter der Privatbibliothek des Königs Jérôme und ab 1809 als Auditeur au Conseil d'Etat den Franzosen gedient zu haben.

Nun ging es auf Seiten der Deutschen über Frankfurt, Freiburg und Basel nach Frankreich. In Paris war Jacob um die Rückgewinnung der von den Franzosen geraubten Buchbestände bemüht. Als Paris ein zweites Mal erobert wurde, war Jacob wieder dabei: diesmal sollte er die aus verschiedenen Provinzen Preußens entführten Handschriften ermitteln und diese zurückverlangen. In Paris wie auch auf den Stationen seiner Reise benutzte er immer wieder die willkommene Gelegenheit, für seine privaten Zwecke die Bibliotheken zu durchstöbern. Dabei verfolgte er mit Interesse die um ihn herum vorgehenden militärischen und politischen Ereignisse.

Am 20. Januar 1814 schreibt er an Wilhelm: »Man spricht von Frieden, ich wünsche nur, daß man rein an sich halte und zwar alles, was Deutschland ist, freimacht.« Jacob setzt sich für die scharfe Philippika Ernst Moritz Arndts über die deutsche Rheingrenze ein und spricht sich vor allem für die Einbeziehung des Elsaß in die deutschen Interessen aus, gönnt den mit den Franzosen sympathisierenden Rheinbundfürsten, daß sie auf die Nase fallen, und möchte sie am liebsten von der französischen Grenze fernhalten: »Es liegt daran, daß Starke an den Grenzen sind, und so würden die kleineren Fürsten Deutschlands gleichsam eingehegt, welches

Jacob über seinen Büchern und Zettelkästen (Cassel 1817)
Bleistiftzeichnung von Ludwig Emil Grimm

mit meinen Gedanken, die ich mir von unserer künftigen Verfassung mache, vortrefflich besteht. Darüber wäre viel zu schreiben.«

Das Engagement Jacobs ist unverkennbar. Doch entspringt es wohl der allgemeinen Stimmung, die sich nach den Jahren der Erniedrigung, Fremdherrschaft und Ungewißheit über die eigene politische Identität breitmachte, als der französische Gigant am Boden lag. Wenigstens jetzt wollte man sich vom politischen Geschäft nicht fernhalten.

Diesem Kollektivgefühl entspricht es, daß sich auch die jüngeren Brüder rührten – und daß die beiden Ältesten, die sich als patres familias fühlten, höchstes Intersse am freiwilligen militärischen Einsatz der Jüngeren zeigten. Bezeichnend ein Schreiben Wilhelms an seinen Bruder vom 18. Januar 1814: »Briefe von den Brüdern aus München. Beide sind schon vor unserer Aufforderung bereit gewesen mitzugehen; der Louis hat besonders schön und herzlich darüber geschrieben ... Exerzieren hatte er schon mit allen Akademikern früher gelernt und übt sich noch immer, er wünscht eine Offiziersstelle, weil ihm sonst seine Hand schwer und unbrauchbar zum Radieren würde, Ferdinand wollte unter die Freiwilligen, allein nicht hierher, sondern nach Hanau. Ich wendete mich an Below, der sehr freundschaftlich schon am andern Tag mit dem Prinz gesprochen und es ausgemacht hatte. Louis wird also Offizier (Unterlieutenant) bei einem Landwehrregiment und Ferdinand kann eintreten ... Dem Ferdinand habe ich nachgemeldet, daß in Hanau bloß reitende Jäger errichtet werden, sie auch bald hierher kommen, da er nun durchaus nicht herwill, was ich auch billige, so wird er, wozu er Lust

Carl, als kurhessischer Jäger 1814
Bleistiftzeichnung von Ludwig Emil Grimm

und er den Kronprinz gern hat, unter die Baiern gehen, vielleicht hilft ihm H. dort zu einem Grad; sind die Hessen erst im Feld, kann er immer noch zu ihnen kommen. Ich erwarte nun jeden Tag seine Entscheidung ... Drittens ein Brief von Karl. Er ist aus Hamburg heraus, wohl nach Eckmühls Befehl, war zu Stade und ist gegenwärtig in Bremen. Ich habe ihm gleich geschrieben und gesagt, ich halte es für das Beste, daß er hierherkomme und Jäger werde.« Man sieht, das Familienmanagement läuft auf vollen Touren: patriotischer Kurierdienst.

Wilhelm ergänzt seine Meldungen eine Woche später: »Der Prinz hat der Tante selbst davon gesagt, auch, daß der Louis nach dem Krieg hier versorgt werden solle und bis dahin monatlich 10 Thlr. bekomme. Der Ferdinand will dort bleiben. Heute erhalte ich auch nähere Antwort von Karl, er sei hergestellt und werde kommen, er hofft auch auf eine Offiziersstelle, indessen kann man, ohne unbescheiden zu sein, das nicht verlangen.«

So geht es in den Briefen fort, und es schwingt Stolz mit, wenn Louis endlich Secondelieutenant beim dritten Landwehrregiment ist (»Blau mit Pfirsichblüthen-Aufschlägen und mit einer Schärpe«) und Karl bei der ersten Escadron freiwilliger Jäger zu Pferd steht. Nur Ferdinand verpaßt auf Grund seines zögerlichen Wesens den Anschluß, denn nun rückt bereits der Friede heran. Jacob aus Paris an Wilhelm: »Es ist sonderbar, daß der von uns, dem diese Umwälzung am heilsamsten hätte werden können, ihr allein entgangen ist« (19. 4. 1814). Im übrigen rät er Wilhelm, jetzt alles zu tun, daß die im Felde stehenden Brüder bald vom Soldatenleben loskommen, um in ihre »künftige Lebensart« einzutreten. Bedauernd fügt er hinzu: »Was ich gehofft hatte, ist nicht geschehen, daß die Hessen Gelegenheit bekommen würden, sich in offener Feldschlacht auszuzeichnen, was dem ganzen Land groß hätte nützen können und was Baiern und Württemberg voraus haben.«

Doch weit mehr beschäftigt sich Jacob mit den *deut-*

schen Angelegenheiten, die in seinen Augen während des Feldzugs in Frankreich schlecht gelaufen sind. Der ungünstige Friedensschluß läßt ihn um die Zukunft Deutschlands fürchten. »Dieses Unglück aber liegt in zweierlei: erstens, weil Russen und Engländer, die hier mitsprechen, das eigentliche deutsche Wesen nicht verstehen« und »zweitens, weil Österreich und Preußen die Sache nicht deutsch genug nehmen und unbegreiflicher Weise nur wenige einzelne, recht herzlich deutsch anfassende und durchgreifende Menschen an Ort und Stelle sind ...« Das Seltsamste sei, meint er Wochen zuvor, daß Deutschland eine so große, überwiegende Menge braver, das Recht glaubender und wissender Leute habe – und daß dieser Geist doch verstumme oder gefangen werde durch die Beschränktheit anderer.

Jacob liebt dieses Utopia Deutschland und leidet zugleich an ihm. Das hat er mit vielen anderen gemeinsam. Und immer wieder umkreist er das, was er das eigentliche deutsche Wesen nennt. Eine virtuelle Kraft, »ruhige Behaglichkeit«. Wo die Gegenwart wenig hergibt, wird die Vergangenheit um so ergiebiger – wie aus den Worten Wilhelms hervorgeht: »Das Drückende jener Zeiten zu überwinden half denn auch der Eifer, womit die altdeutschen Studien getrieben wurden.«

Welch starke Triebfeder für beide Brüder der Rekurs auf »das Deutsche«, war, geht aus den Titeln ihrer wissenschaftlichen Sammlungen eindrucksvoll hervor: Deutsche Sagen, Deutsche Grammatik, Die deutsche Heldensage, Deutsche Rechts-Alterthümer, Deutsche Mythologie, Deutsches Wörterbuch –, ein lebenslanges Sich-Bemühen um die deutsche Sache.

Auch in Würdigung ihrer Zivilcourage (Göttinger Sieben) und Jacobs späterer parlamentarischen Arbeit (Paulskirche) scheint dies der wichtigste »politische« Beitrag der Grimms.

Schon in den »Deutschen Sagen« (1816/18) umschreibt die Vorrede die Zeitverhältnisse und bezieht auch von dorther die Legitimation zu diesem Sammelwerk. Da ist von den »heutigen Theilungen Deutschlands« die Rede, »denen zufolge z. B. Meissen: Sachsen, ein großer Theil des wahren Sachsens aber Hannover genannt, im kleinen, einzelnen noch viel mehr untereinander gemengt wird«; hätte man sich an diese Kleinstaaterei gehalten, wären nie *Deutsche* Sagen zusammengekommen.

Die aber werden allen als »lautere deutsche Kost« empfohlen und den Liebhabern deutscher Poesie, Geschichte und Sprache ans Herz gelegt, »im festen Glauben, daß nichts mehr auferbaue und größere Freude bei sich habe, als das Vaterländische.«

Das Familiäre und das Volkbezogene, das regional Begrenzte und vaterländisch Weite gehen hier eine erstaunlich produktive Verbindung ein. *Heimat* wird aus der Entfernung von ihr begriffen, als Heimweh: »... ein Duft von Sage und Lied, wie sich die Ferne des Himmels blau anläßt und zarter feiner Staub um Obst und Blumen setzt.« Wie mächtig das aus Atmosphäre, Geschichte und Überlieferung gewebte Band sei, zeige an natürlichen Menschen »jenes herzzerreissende Heimweh«.

Kein Zweifel, hier klingen eigene Verluste an, unwiederbringliche Jahre. Hanau, Steinau, das Kinzigtal. Das »hämatli« hat, wie sich später im Deutschen Wörterbuch nachlesen läßt, so einiges mit den Realitäten und Rechtsfragen zu tun; zu seiner Sicherung sind Amtshaus und Notariat, die Pfarrei, die staatlichen Hoheitsdiener eingesetzt. Von diesem Dorf- und Kleinstadtleben sind die Grimms noch nicht weit genug weg, als daß sie dies so sentimentalisch nehmen wie es Leute tun, die kein »hämatli« aus eigener Anschauung kennen. Das Gestern hat sich für die Grimms nie verklärt. Sie waren ja in ihrem Leben beides, Heimatsassen und Bürger, Dörfler und Städter, Provinzler und urbane Leute.

Die Suche nach den eigenen Wurzeln oder anders gesagt, das deutsche Selbstverständnis war Antrieb zu weiterreichenden Studien. Was da alles zusammenkommt und in das Spektrum einbezogen wird, davon legt Jacobs Antrittsvorlesung in Berlin (1841) ein beredtes Zeugnis ab. Den einen Punkt, auf den alles zuläuft, benennt er mit drei Worten: »Geschichte, das Einheimische, das Vaterländische.«

Um diesen Fixpunkt kreisen die Bemühungen der beiden älteren Brüder. Das findet seine Steigerung im »Deutschen Wörterbuch«, ein nach dem Fehlschlag der Paulskirchen-Demokratie um so wichtigeres *nationales* Unternehmen. Seine Anfänge liegen in den jungen, empfänglichen Jahren der Brüder, in der früh begonnenen Beschäftigung mit der Sprache – von Luther bis Goethe, vom Altnordischen bis zum Alt- und Mittelhochdeutschen. Dieser ungeheure Sprachschatz sollte ins allgemeine Bewußtsein rücken. Was aber Jacob im eigentlichen bewegte, hat er in seiner Vorrede von 1854 anklingen lassen: »Über eines solchen Werkes Antritt muß, wenn es gedeihen soll, in der Höhe ein heilbringendes Gestirn schweben. Ich erkannte es im Einklang

Links: Wilhelm Grimm als Bibliothekssekretär (1821)
Rechts: Jacob Grimm als Legationssekretär (1815)
Bleistiftzeichnungen von Ludwig Emil Grimm

zweier Zeichen, die sonst einander abstehen, hier aber
von demselben inneren Grunde getrieben sich genähert
hatten, in dem Aufschwung einer deutschen Philologie
und in der Empfänglichkeit des Volks für seine Mutter-
sprache, wie sie beide bewegt wurden durch erstarkte
Liebe zum Vaterland und untilgbare Begierde nach seiner festen Einigung. Was haben wir denn Gemeinsames
als unsere Sprache und Literatur?«

Das Grimmsche Diktum meint ein geistiges Band, das
nicht nur das Vaterland fester einigen, sondern alle
Deutschsprechenden in der Welt, von den Karpaten-
deutschen bis zu den nach Amerika Ausgewanderten,
an ihre Herkunft erinnern sollte. Es ist eine immer wieder zum Nachdenken reizende Tatsache, daß die *Wesens*einheit der Deutschen nicht auf eine konkrete staat-

liche oder soziale Gemeinsamkeit, sondern eben auf eine metapolitische Gemeinschaft gegründet werden mußte: auf »das Volk« und »die Deutschen«.

Vielleicht ist es ein gutes Zeichen, daß die 32 Bände »Deutsches Wörterbuch«, die auch Jacob nur bis Band vier, Spalte 259, erlebt hat und die auf kaum mehr als 1 600 Auflage gekommen sind, jetzt in 20 000 Exemplaren einer breiten Öffentlichkeit zugängig werden.

»Deutsche geliebte Landsleute, welches Reichs, welchen Glaubens ihr seiet, tretet ein in die euch allen aufgethane Halle eurer angestammten, uralten Sprache, lernet und heiliget sie und haltet an ihr, eure Volkskraft und Dauer hängt an ihr ...« So schließt Jacobs Vorrede vor 130 Jahren, und wer genau hinhört, spürt hinter allem Pathos der Beschwörung die Sorge um Sprache, Literatur und Kulturentwicklung. Diese Sorge ist und bleibt aktuell.

XII. »für unser Lebenlang«

Zu Weihnachten 1820 schenkte Jacob seinen Geschwistern ein »Hausbüchel« mit Platz für allerlei Eintragungen – »für unser Lebenlang«. Gedruckt im Selbstverlag, gebunden, mit einem Bildnis der Lotte auf der ersten Seite. Eine für Jacob bezeichnende Idee: Sein stark ausgeprägter Familiensinn läßt ihn immer nach Gelegenheiten suchen, die den Zusammenhalt der Geschwister festigen. Er weiß, daß er seiner Natur nach ein Einzelgänger ist. Er weiß, daß die Brüder und auch die Schwester seine Mühen oft nicht gewürdigt haben. Aber er weiß auch, daß ihre Kontakte untereinander längst abgerissen wären, hätten Wilhelm und er nicht immer wieder die Fäden geknüpft. Das familienumspannende Netz, von dem schon die Rede war.

Jacob ist bei allen Wünschen nach harmonischem Zusammenleben doch kein Illusionist. Er kennt die menschlichen Schwächen der einzelnen, seine eigenen eingeschlossen, aber er ist überzeugt, daß sich eine tragfähige Gemeinschaft auch konstituieren läßt, daß man dem Glück nachhelfen kann. Und findig, wie er seit je die Familie zusammengehalten hat, will er auch jetzt ein Zeichen setzen: das Hausbüchel. Die darin abgehandelten Verhältnisse machten seinem Herzen mehr zu schaffen, so sagt er, als alles, was ihm je im Kopf herumgegangen sei. Er formuliert Merksätze und Bekenntnisse und leistet – was seinem Stolz bestimmt nicht leichtgefallen ist – den Geschwistern Abbitte: »Bleibt mir alle gut und duldet das Menschliche an mir, das einmahl aufhören wird, wenn die Hauptsache, nämlich daß wir uns lieb haben, fortdauert. Was mich anbelangt, so will ich alle Scharten, die an mir sind, nach und nach auszuwetzen trachten, wenn auch meine Klinge dadurch kleiner wird.«

Das Hausbüchel enthält einen immerwährenden Kalender, eine Seite für jeden Monat, wo die feststehenden Familiendaten schon eingedruckt sind und neue Ereignisse von Hand dazugeschrieben werden sollen: »Ein jeder kann sich nun eintragen, was er will und jeder wird dann auch in der Fremde wissen, wann unsere Tage fallen und sich erinnern, daß die unter uns, welche beisammen geblieben sind, nach der alten Weise dem Fest seine Ehre anthun.« Geburts- und Namenstage

»Der Lotte Bildniß«
Frontispiz aus: »Hausbüchel für unser Lebenlang«,
Cassel 1820 im Verlag von Jacob Grimm

sollen verzeichnet werden, Taufe und Konfirmation, Hochzeit und Tod.

Jacob hat auch Dortchen Wild, Wilhelms spätere Frau, in das Hausbüchel eingefügt, da sie der ganzen Familie eng verbunden ist: »Daß ich dich mit hineingezogen habe, ehrliches Dortchen, vergib mir, denn es geschah, theils um durch dich das Büchelchen etwas ansehnlicher zu machen, da unsere Verwandtschaft fast ausgestorben und ohne rechten Anhalt ist, theils weil ich dich

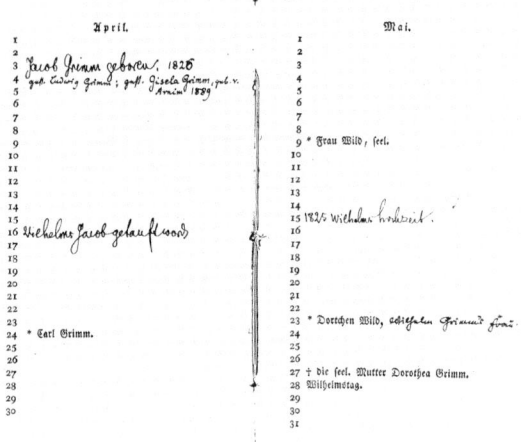

*Geburts-, Hochzeits- und Sterbetafel
der Familie Grimm.
Doppelseite aus dem »Hausbüchel für unser Lebenlang«*

so lieb habe als meine Geschwister, was gewiß genug sagen will.«

Daß Jacob Dortchen in die Geschwisterreihe einbezieht, ist ein besonderes Privileg, denn für ihn sind, wie er nach Wilhelms Tod in einer Gedenkrede darlegt, Geschwisterbindungen noch stärker und prägender als Bindungen an die Eltern: »Eltern und Kinder leben nur ein halbes Leben miteinander, Geschwister ein ganzes ...«

Die Hilfsaktionen für die Geschwister dürfen unter diesem Gesichtspunkt nicht nur als caritative Leistungen gesehen werden, sie sind auch der Ausdruck bewußt geförderter Familienstabilisierung. Der Plan, Ludwig solle alle Geschwister in Abständen immer neu porträtieren, gehört ebenso hierher wie die Idee eines gemeinsamen Taschenbuches der drei Brüder Grimm, das Arnim schon 1817 angeregt hatte. Die Hinwendung zu den Familiengräbern, die Schublade mit den Dokumenten der Vorfahren, die gemeinschaftlich verbrachten Fest- und Gedenktage, die zwar oft zähen, aber nie ganz abreißenden Briefkontakte unter den Geschwistern, Jacobs Hausbüchel schließlich – alles Versuche, die elternlose Familie zusammenzuhalten.

Wilhelm bekräftigt dies in seiner Selbstbiographie ebenfalls: »... denn es schien uns beiden Aeltesten, als hätten wir die Pflicht, die Verbindung der ganzen Familie fortwährend zu erhalten«, schreibt er da, und dieses Verantwortungsbewußtsein trägt entscheidend dazu bei, daß die kleine Gemeinschaft nicht völlig auseinanderdriftet. Andere Eigenschaften und Faktoren kommen hinzu: Jacobs und Wilhelms Sinn für lebensdienliche Arrangements etwa, wofür der Plan des gemeinsamen Märchensammelns ein Beleg ist. Ihre pragmatische Lebensphilosophie verbindet sich mit einem im Elternhaus begründeten Urvertrauen, das sie Widrigkeiten mit beharrlich trotziger Hoffnung durchstehen läßt. Dabei nutzen sie ihre Beziehungen, ohne andere rücksichtslos zu übervorteilen. Wo sie nur können bringen sie sich instinktsicher ein, doch niemand käme auf den Gedanken, sie als Opportunisten zu bezeichnen. Zusammen mit ihrer wachen und dynamischen Anteilnahme an der Zeit haben all diese Charakterzüge eine eindrucksvolle Entfaltung ihrer Möglichkeiten mit sich gebracht.

Dabei dürfen die Fehlschläge und Grenzen dieser Bemühungen nicht vertuscht oder verdrängt werden, gerade sie zeigen ja die alltäglichen und menschlichen Schwierigkeiten auf, mit denen ein jeder zu kämpfen hat. Warum sollte verschwiegen werden, daß die Einbeziehung Carls und Ferdinands in die Familiengemeinschaft nicht gelang, daß es zu Lottes späterem Ehemann Ludwig Hassenpflug mehr als nur politische Differenzen gab, daß Ferdinands einsames Ende in Wolfenbüttel ein schwarzer Fleck in der Familienchronik bleibt.

Wie schmerzlich müssen Briefe wie der folgende auf die Brüder gewirkt haben, die ja wußten, daß mit Geldzuwendungen allein dem anderen nicht zu helfen war. Ferdinand, von der Welt verlassen, schreibt aus seiner feuchten Kammer, die er bei Gärtnersleuten am Rande Wolfenbüttels bewohnt, an Jacob: »An wen sollte ich mich wenden, das Nöthige zu erhalten? Du hast doch mehr Mittel, Du weißt doch eher Rath als ich. Warum sollte ich das Erhaltene nicht wiedergeben, warum zweifelst du an meiner Wahrheit? Es thut mir weh. Mir eine einigermaßen einträgliche Stellung zu gewinnen, ist Unmöglichkeit. Alles ist mit Menschen überfüllt, jede Arbeit wohlfeil in zehn Händen zu haben und das Vertrauen der Menschen gewichen, da die Unredlichkeit so überhand nimmt. Ohne ganz besondere Empfehlung ist alles vergebens ... Seit einem Jahr habe ich keine zwei Monate warm gegessen, keinen Abend mal zu Tisch gesessen. In Not und Kummer ist meine letzte Kraft vergangen, die Kälte nagt an meiner Lunge, meine krampfige Hand ist tagelang zum Führen der Feder unbrauchbar ... Wer mich wieder sieht, wird mich nicht mehr erkennen. Längst ist deine brüderliche Pflicht als erfüllt zu betrachten. Dein Letztes darf ich freilich nicht in Anspruch nehmen. Möge der Himmel helfen und bald ... Ich weiß keinen Trost sonst. Lebe wohl, dein treuer Bruder Ferdinand.«

Elf Monate nach diesem Brief, im Januar 1845, starb Ferdinand. Jacob, trotz allen Kummers ihm sehr zugetan und ihn oft vor Wilhelms Strenge verteidigend, hatte ihn noch am letzten Tag besucht.

»Im Hintergrund Steinau«
Porträtskizze Jacob und Wilhelm
Federzeichnung von Ludwig Emil Grimm

Wieder ein schwarzes Kreuz im Hausbüchel. Schon am 15. Juni 1833 hatte Jacob ein solches eintragen müssen. Da war die einzige Schwester Lotte im Alter von 40 Jahren nach der Geburt ihres sechsten Kindes gestorben – unfaßbar für die Familie, für Wilhelm vor allem, der sie bis zuletzt gepflegt hatte. Auch für Ludwig: »Ich konnte nicht schlafen, nicht weinen und fühlte mich entsetzlich elend. Ich konnte auch nicht bei dem Begräbnis sein. Man hat ihr mit ihrer Lieblingsblume, der Rose, den schönsten, die zu bekommen waren, den ganzen Sarg ausgeschmückt. Sie ist neben unserer teuren, liebsten Mutter und zwischen ihre zwei verstorbenen Töchterchen begraben worden.«

Noch weitere Kreuze mußte Jacob im Hausbüchel notieren: 1852 für Carl, 1863 für Ludwig, davor schon – das allerschmerzlichste – am 16.12.1859 für Wilhelm. »Auch unsere letzten Bette, hat es allen Anschein, werden wieder dicht nebeneinander gemacht sein ...« Und so ist es gekommen. Die beiden Brüder liegen auf dem Matthi-Friedhof in Berlin nebeneinander bestattet. Zwei gleiche Grabsteine, schwarz und schlicht.

Im Vorwort zum Hausbüchel hatte Jacob geschrieben: »Welche Tage in der Zukunft gezeichnet werden sollen, steht allein bei dem lieben Gott. Er verleihe mir, daß ich keinen unter euch je ein Creuz mache in keinerlei Sinn.« Da konnte er noch nicht ahnen, daß er, der Älteste, all seine Geschwister überleben würde. Auch nicht, wie eng verknüpft die Verwandtschafts- und Freundschaftsbande weiter bestehen würden: Herman, der älteste Sohn Wilhelm Grimms, heiratete Gisela von Arnim, die Tochter Achims und Bettines. So schließt sich ein Kreis.

Benutzte Literatur

Achim von Armin 1781–1831. Ausstellungskatalog des Freien Deutschen Hochstifts. Frankfurt 1978

Otto Bähr, Eine deutsche Stadt von hundert Jahren. Berlin 1926

Clemens Brentano 1778–1842. Ausstellungskatalog des Freien Deutschen Hochstifts. Frankfurt 1978

Hans Daffis (Bearb.), Inventar der Grimm-Schränke in der Preußischen Staatsbibliothek. Leipzig 1923

Ludwig Denecke, Die Brüder Grimm – heute. Zum Stand der Grimmforschung. In: Hessen, Märchenland der Brüder Grimm. Kassel 1983

Ludwig Denecke, Jacob Grimm und sein Bruder Wilhelm. Stuttgart 1971 (Sammlung Metzler Bd. 100)

Ludwig Denecke und Karl Schulte Kemminghausen, Die Brüder Grimm in Bildern ihrer Zeit. Zweite verbesserte und vermehrte Auflage. Kassel 1980

Briefwechsel zwischen Jenny von Droste-Hülshoff und Wilhelm Grimm. In: Schriften der Gesellschaft zur Pflege des Märchengutes der europäischen Völker. Bd. 6. Münster 1978

Hermann Gerstner, Die Brüder Grimm. Ihr Leben und ihr Werk in Selbstzeugnissen, Briefen und Aufzeichnungen. Ebenhausen 1952

Jörn Göres und Wilhelm Schoof (Hrsg.), Unbekannte Briefe der Brüder Grimm. Bonn 1960

150 Jahre »Kinder- und Hausmärchen« der Brüder Grimm. Bibliographie und Materialien zu einer Ausstellung der Deutschen Staatsbibliothek. Berlin-Ost 1964

Herman Grimm und Gustav Hinrichs (Hrsg.), Briefwechsel zwischen Jacob und Wilhelm Grimm aus der Jugendzeit. Weimar 1881. 2. Aufl. besorgt von Wilhelm Schoof. Weimar 1963

Jacob Grimm, Hausbüchel für unser Lebenlang. BGM Gr. Slg. Autogr. 293. Kassel 1820

– – –, Kleinere Schriften. Bd. 1, Bd. 4, Bd. 8. Berlin 1864/1890

Ludwig Emil Grimm, Erinnerungen aus meinem Leben. Hrsg. Adolf Stoll. Leipzig 1911

Ernst Hartmann, Geschichte der Stadt und des Amtes Steinau a. d. Straße. Bd. II. Zeitraum 1543–1736. Steinau 1975

Dieter Hennig, Brüder Grimm-Museum Kassel, Katalog der Ausstellung im Palais Bellevue. Kassel 1973

Gustav Hinrichs (Hrsg.), Wilhelm Grimm. Kleinere Schriften 1–4. Bd. 1. 1881–1887

Alfred Höck, Ludwig Emil Grimm. Bilder aus Hessen. Kassel o. J.

Gerd Hoffmann und Heinz Rölleke (Hrsg.), Der unbekannte Bruder Grimm. Düsseldorf/Köln 1979

Else Hünert-Hofmann (Hrsg.), Briefe an Lotte Grimm. Kassel 1972

Karl Wilhelm Justi, Grundlagen zu einer Hessischen Gelehrten-, Schriftsteller- und Künstler-Geschichte vom Jahr 1806 bis zum Jahr 1831. Marburg 1831

Friedrich Panzer (Hrsg.), Die Kinder- und Hausmärchen der Brüder Grimm. 2 Bd. München 1913 (vollst. Ausgabe in der Urfassung)

Raimund Pissin, Aus ungedruckten Briefen der Brüder Jacob, Wilhelm, Ferdinand, Ludwig Grimm. In: Preußische Jahrbücher, Bd. 234. 1933

Wilhelm Praesent, Aus dem Kinderland der Brüder Grimm. In: Unsere Heimat. Schlüchtern 1935, Heft 1/2

Wilhelm Praesent, Märchenhaus des deutschen Volkes. Aus der Kinderzeit der Brüder Grimm. Kassel 1957

Heinz Rölleke, Wilhelm Grimms Traumtagebuch. In: Brüder Grimm Gedenken, Bd. 3. Marburg 1981

Wilhelm Schoof, Aus der Jugendzeit der Brüder Grimm (nach ungedruckten Briefen). In: Hanauisches Magazin. Montagsblätter für Heimatkunde. 1934/1935, Heft 11/12

– – – (Hrsg.), Briefe der Brüder Grimm an Savigny. Berlin 1953

– – –, Briefe von Jacob und Wilhelm Grimm an ihren Bruder Ferdinand. In: Neues Magazin für Hanauische Geschichte 3. 1955/1959

– – –, Die Stammbücher von Jacob und Wilhelm Grimm. In: Volk und Scholle. Darmstadt 1930

– – – (Hrsg.), Wilhelm Grimm. Aus seinem Leben. Bonn 1960

Karl Schulte Kemminghausen, Die Brüder Grimm. In: Die Freundesgabe, Jahrbuch der Gesellschaft zur Pflege des Märchengutes der europäischen Völker. 1963, Heft 2

Reinhold Steig (Hrsg.)., Achim von Arnim und die ihm nahe standen. Bd. 2 und 3. Stuttgart 1904/1913

Edmund Stengel (Hrsg.), Private und amtliche Beziehungen der Brüder Grimm zu Hessen. Bd. 3: Briefe der Brüder Grimm an Paul Wigand. Marburg 1910.

Herbert Stockmann, Wilhelm Grimm und sein Herzleiden. In: Brüder Grimm Gedenken, Bd. 2. Marburg 1975

Alexander Wilhelmi, Lustspiele. 1. Bd. Dresden 1853

Carl Zuckmayer, Die Brüder Grimm. Ein deutscher Beitrag zur Humanität. Frankfurt a. M. 1948

Bildnachweis

Nicht weniger als 33 der 45 Abbildungen im Text stammen von Ludwig Emil Grimm, dem jüngsten der fünf Brüder. Dank seiner frischen, naturgetreuen Porträts lassen sich Einblicke nehmen in die Physiognomie nicht nur der »Großen« – Jacob und Wilhelm Grimm, Clemens und Bettine Brentano, Savigny, Görres – sondern auch in Familie und Haushalt, in Beruf und Geselligkeit, in das hessische »Umfeld«. Die Grimms gehören daher zu den bildlich bestdokumentierten Gelehrtenfamilien des frühen 19. Jahrhunderts.

Vor allem dem Brüder Grimm-Museum Kassel haben die Autorin und der Verlag zu danken, daß auch seltenere Handzeichnungen und Radierungen Ludwigs, z. T. aus Privatbesitz, hier versammelt werden konnten. Unser Dank gilt ferner dem Verlag Erich Röth, der eine Anzahl von »Bildzitaten« aus dem Standardwerk von Ludwig Denecke und Karl Schulte Kemminghausen, Die Brüder Grimm in Bildern ihrer Zeit (Kassel 1980), genehmigt hat.

Das Umschlagbild »Blick vom Schloß auf das alte Rathaus Steinau«, das sich auf Seite 27 wiederfindet, ist mit freundlicher Genehmigung der Verwaltung der Staatlichen Schlösser und Gärten, Bad Homburg v. d. Höhe, reproduziert worden.

Das Bergwinkelmuseum der Stadt Schlüchtern hat dankenswerterweise die Aquarellzeichnung »Steinau 1815« (Seite 28) beigesteuert. Weitere Bilder entstammen den Verlagswerken Clemens Brentano, Das unsterbliche Leben – Unveröffentlichte Briefe (Jena 1939) und Bettine Brentano, Die Andacht zum Menschenbild – Unbekannte Briefe (Jena 1942). Zwei Porträtzeichnungen Ludwig Emils wurden Lefftz' Märchen der Brüder Grimm – Urfassung nach der Originalhandschrift (Heidelberg 1927) entnommen. Die Titelbilder zu den Altdänischen Heldenliedern und den Kinder- und Hausmärchen (1819) sind nach den Originalausgaben aus dem Bestand der Zentralbibliothek Zürich reproduziert.

Chronik der Familie Grimm

1751	19.	9.	Philipp Wilhelm Grimm, der Vater, geboren
1755	20.	11.	Dorothea Grimm geb. Zimmer, die Mutter, geboren
1783	23.	2.	Hochzeit der Eltern
1785	4.	1.	*Jacob* Ludwig Carl Grimm in Hanau geboren
1786	24.	2.	*Wilhelm* Carl Grimm in Hanau geboren
1787	24.	4.	*Carl* Friedrich Grimm in Hanau geboren
1788	18.	12.	*Ferdinand* Philipp Grimm in Hanau geboren
1789			Beginn der Französischen Revolution, Erstürmung der Bastille (14.7.)
1790	14.	3.	*Ludwig* Emil Grimm in Hanau geboren
1791			Umzug der Familie Grimm von Hanau nach Steinau, wo der Vater Amtmann wird
1793	10.	3.	Charlotte Amalie (*Lotte*) Grimm in Steinau geboren
1796	10.	1.	Tod des Vaters Philipp Wilhelm Grimm, mit 44 Jahren
	21.	12.	Tod der Tante Schlemmer (Juliane Charlotte Friederike, Schwester des Vaters), mit 61 Jahren
1798	22.	11.	Tod des Großvaters Johann Hermann Zimmer in Hanau, 89jährig
			Jacob und Wilhelm gehen aufs Kasseler Lyzeum (bis 1802)
1802			Jacob beginnt Studium der Rechtswissenschaft in Marburg (bis 1805), Lehrer und Freund Savigny
1803			Wilhelm folgt seinem Bruder im Studium nach (Marburger Abschlußexamen 1806)
1805			Jacob in Paris bei Savigny, Sekretär am Kriegskollegium in Kassel. Mutter Grimm zieht von Steinau nach Kassel. Ferdinand und Ludwig besuchen das Kasseler Lyzeum
1806	14.	10.	Sieg der Franzosen in der Schlacht von Jena und Auerstedt
			Achim von Arnim und Clemens Brentano geben »Des Knaben Wunderhorn« (Erster Teil) heraus, Brentano regt Jacob und Wilhelm Grimm zum Sammeln von Märchen, Sagen und Liedern an
			Ludwig besucht die Kunstakademie in Kassel

1807	Napoleon begründet das Königreich Westfalen, Jacob quittiert seinen Sekretärsposten
1808 27. 5.	Tod der Mutter Dorothea Grimm, mit 52 Jahren. Jacob wird Bibliothekar des Königs Jérôme von Westfalen. Ludwig reist nach Heidelberg zu Arnim, Brentano und Görres; erste Buchillustrationen
1809	Jacob wird Auditeur au Conseil d'Etat
	Ludwig beginnt das Studium an der Kunstakademie München
1811	Erste Buchpublikationen von Jacob (»Über den altdeutschen Meistergesang«) und Wilhelm (»Altdänische Heldenlieder«). Carl bemüht sich in Hamburg um eine Stellung als Kaufmann
1812	Erste gemeinsame Publikationen von Jacob und Wilhelm: »Hildebrandslied«, »Wessobrunner Gebet«, »Kinder- und Hausmärchen, Erster Band«
	Von September 1812 bis Anfang 1815 lebt Ferdinand bei Ludwig in München
1813	Völkerschlacht bei Leipzig, Jacob als kurhessischer Legationssekretär im Hauptquartier der Verbündeten
1814	Jacob in diplomatischer Mission in Paris und Wien, Teilnahme am Wiener Kongreß. Wilhelm wird Bibliothekssekretär in Kassel
	Erlös aus der Veröffentlichung des »Armen Heinrich« wird für die Ausstattung der Freiwilligen geopfert. Ferdinand, Carl und Ludwig melden sich zum Feldzug gegen Frankreich, Ferdinand rückt aber nicht ein
1815 15. 4.	Tod der Tante Zimmer (Henriette Philippine, Schwester der Mutter), mit 67 Jahren
	Carl als Weinkaufmann nach Bordeaux (bis 1818), Ferdinand als Korrektor zu Reimer nach Berlin. Jacob zum drittenmal in Paris. Wilhelm reist mit Ludwig nach Frankfurt und den Rhein bis Köln hinunter, Treffen mit Goethe, Savigny, Görres. Der zweite Band »Kinder- und Hausmärchen« erscheint
1816	Jacob zum zweiten Bibliothekar in Kassel ernannt. Der erste Band »Deutsche Sagen« erscheint
1817	Ludwigs Umsiedlung von München nach Kassel
	Brüder Grimm, »Deutsche Sagen« zweiter Band

1819			Jacob Grimm, »Deutsche Grammatik«, erster Band. Jacob und Wilhelm werden von der Marburger Universität zu Ehrendoktoren ernannt

1819   Jacob Grimm, »Deutsche Grammatik«, erster Band.
Jacob und Wilhelm werden von der Marburger Universität zu Ehrendoktoren ernannt
Zweite Ausgabe »Kinder- und Hausmärchen« (Apparatband 1822)

1821   Carl wird Sprachlehrer in Kassel (Französisch und Englisch)

1822   2. 7.   Lotte heiratet den Gerichtsassessor Ludwig Hassenpflug, der später Staatsminister wird (gest. 1862)

1823   In London erscheint, illustriert von George Cruikshank, die Übersetzung der »German popular stories«

1825   15. 5.   Wilhelm heiratet Dorothea Wild (»Dortchen«)
Die bebilderte »Kleine Ausgabe« der Kinder- und Hausmärchen erscheint.

1826   Lottes Tochter Agnes und Wilhelms Sohn Jacob sterben im frühesten Alter
Brüder Grimm, »Irische Elfenmärchen«

1828   6. 1.   Herman Grimm, Sohn von Wilhelm, in Kassel geboren (gest. 1901)
Jacob Grimm, »Deutsche Rechtsaltertümer«
Jacob Ehrendoktor der Universität Berlin
Carl Grimm, »Anleitung zur doppelten italienischen Buchhaltung«

1829   Wilhelm Grimm, »Die deutsche Heldensage«

1830   Berufung an die Universität Göttingen: Jacob als Bibliothekar und ordentlicher Professor, Wilhelm als Bibliothekar

1832   Ludwig erhält Professur an der Kasseler Kunstakademie

     20. 5.   Heirat mit Marie Böttner

     21. 8.   Auguste Grimm, Tochter von Wilhelm, geboren (gest. 1919)

1833   15. 6.   Tod der Lotte, 40jährig, nach der Geburt ihres sechsten Kindes

     23. 7.   Friederike Grimm, Tochter von Ludwig, in Kassel geboren (gest. 1914)

1834   Ferdinand verliert die Stelle bei Reimer, übersiedelt nach Göttingen
Wilhelm Grimm, »Freidanks Bescheidenheit«

1835		Jacob Grimm, »Deutsche Mythologie«
		Wilhelm erhält Professur in Göttingen
1837		Protest der Göttinger Sieben gegen den Verfassungs-bruch des Königs von Hannover; Jacob und Wilhelm werden aus dem Staatsdienst entlassen, Jacob wird des Landes verwiesen und zieht wieder nach Kassel
1838		Jacob Grimm, »Über meine Entlassung«
		Ferdinands Umzug nach Wolfenbüttel
		Wilhelm zieht mit seiner Familie nach Kassel
		Beginn der Arbeit am »Deutschen Wörterbuch«
		Ferdinand Grimm (Pseudonym Philipp von Steinau), »Volkssagen der Deutschen«
1840		Jacob Grimm, »Weisthümer«, erster Band
		Jacob und Wilhelms Berufung an die Akademie der Wissenschaften zu Berlin und an die Universität
1841		Erste Vorlesung von Jacob und Wilhelm an der Berliner Universität
1845	6. 1.	Ferdinand Grimm stirbt in Wolfenbüttel
	14. 4.	Ludwig, verwitwet, heiratet Friederike Ernst
1846		Jacob leitet die erste Germanistenversammlung in Frankfurt a. M.
1848		Jacob Grimm, »Geschichte der deutschen Sprache«
		Jacob wird von der Stadt Mülheim a. d. Ruhr in die deutsche Nationalversammlung gewählt: Abgeordneter im Paulskirchen-Parlament, Abschied von der Lehrtätigkeit
1849		Jacob nimmt an der Tagung der »Kleindeutschen Partei« in Gotha teil
1852		»Deutsches Wörterbuch«, erste Lieferung
		Auch Wilhelm zieht sich von der Lehre zurück und widmet sich nur noch der Forschung
	25. 5.	Carl Grimm stirbt in Kassel
1854		»Deutsches Wörterbuch«, erster Band
1859	25. 10.	Heirat Herman Grimm – Gisela von Arnim
	16. 12.	Wilhelm Grimm stirbt in Berlin
1863	4. 4.	Ludwig Grimm stirbt in Kassel
	20. 9.	Jacob Grimm stirbt in Berlin
1867	22. 8.	»Dortchen« Grimm stirbt auf einer Reise nach Eisenach

Der unbekannte Bruder Grimm

Deutsche Sagen von Ferdinand Philipp Grimm
Aus dem Nachlaß herausgegeben von Gerd Hoffmann
und Heinz Rölleke
Mit 2 Abbildungen und 3 Faksimiles. 144 Seiten, geb.

Aus der Einleitung von Heinz Rölleke

»Uns ist hier ein Stein vom Herzen«, schreibt Jacob an Arnim, »denn
Du weißt nicht, was wir ausgestanden haben, wir haben wie lang
nicht mit fröhlicher Miene am Tisch essen gekonnt. Das einzige, was
er hier mit Liebe pflegte, einen Taubenschlag, den er in ein Kämmerchen gebaut hatte, haben wir wenige Tage nachher um ein Spottgeld
verkaufen müssen, weil die Tauben wirklich nicht mehr fressen wollten. Er ist sehr langsam gereist und hat jedermann besucht, welches
mich sehr wunderte, da er sonst immer so blöd war« (26. September
1812).
Zwei bezeichnende Schlaglichter fallen hier auf Ferdinands Schicksal:
Er hat sich im Schoß der geschwisterlichen Familie zuletzt offenbar
nur noch zu seinen Tauben halten mögen, die dann von den älteren
Brüdern nicht einmal mehr Futter nahmen, und er lebte zur Verwun-
derung Jacobs auf, als er – wenn auch unter erbärmlichsten persönlichen und finanziellen Umständen – erstmals selbständig unter Leute
kam.
Abgesehen von dem Zwischenfall 1810, der zur Trennung führte, liegen die Gründe für das Auseinanderleben der Geschwister weitge-
hend zutage. Den von Jacob Grimm verkörperten Idealen strengster
bürgerlicher Ordnung, asketischer Wissenschaftlichkeit und fast
unmenschlichen Fleißes standen Ferdinands unbestimmte und un-
verantwortete Kindlichkeit, dichterisch begabte Phantasie und
durchaus ungleichmäßige Arbeitslust unversöhnlich gegenüber ...

Kinder- und Hausmärchen
der Brüder Grimm

Die authentische Ausgabe von 1819, textkritisch bearbeitet und mit
einem ausführlichen Bericht zur Entstehungs- und Wirkungsge-
schichte versehen von Heinz Rölleke
Zwei Bände. Insgesamt 592 Seiten, Halbleinen
(Reihe »Die Märchen der Weltliteratur«)

Hier waltet allerhöchste Sorgfalt, bedingt durch ein philologisch ver-
tieftes Hinein- und Hinabhorchen, dank welchem über Herkunft
und Vorgestalt der Märchen genaue Auskunft gegeben werden kann.
Diese Publikation ermöglicht mit schöner Buchaufmachung, klarem
Druck und geräumiger Aufteilung ein genußreiches und bewegendes
Lesen, ohne durch den wissenschaftlichen Anhang zu leiden. Im Ge-
genteil: was dort über die Märchen, über ihre Geschichte, über die
Brüder Grimm und ihre verschiedenen Auffassungen zur Textgestal-
tung oder gar »Bearbeitung« mitgeteilt ist, möchte kein Leser missen,
der sich durch die Männer selbst in Frage und Forschung angeregt
fühlt.

Werner Helwig im Darmstädter Echo

Ich hab' eine Menge gelernt, sagte ich, denn da hat einer ein Nach-
wort geschrieben, das einem die Schwierigkeiten des Erzählens und
Weitererzählens klarmacht, auch, daß Märchen nicht aus der Zeit fallen, sondern sich eher der Zeit anpassen, daß sie abhängig sind von
der Umgebung, aus der sie kommen und in die sie wandern, von den
Erinnerungen, die sie immer von neuem bereichern oder verderben,
von der Sprache, die sie wechseln können. Märchen sind keine festen
Gebilde. Sie werden festgeschrieben und forterzählt. Und noch nie ist
mir das so anschaulich und überzeugend erläutert worden wie von
Heinz Rölleke.

Peter Härtling in Die Zeit